Poczta literacka, czyli jak zostać (lub nie zostać) pisarzem

辛波絲卡談寫作

WISŁAWA SZYMBORSKA

維斯瓦娃·辛波絲卡

目錄

Poczta l

czyli jak zostać (lub nie zos

teracka,

pisarzem

關於「文學通訊」的對話

德麗莎・瓦拉絲（Teresa Walas）：《文學生活》（Życie Literackie）雜誌中是誰構思出「通訊」[1]？

維斯瓦娃・辛波絲卡：不需要特別構思，文學雜誌中一向有此傳統，以非郵寄信件方式向部分寫作者提出解答，尤其是剛起步的寫作者。一般來說，就是簡潔的「不予採用」或「建議再努力」等話語，但我們有時認為值得為自己的決定說明理由。

瓦拉絲：我們，指的是誰？

辛波絲卡：沃濟米日・馬穹格（Włodzimierz Maciąg）和我。我們兩人輪流主持「文學通訊」，文字風格上的差異也容易分辨。沃濟米日使用的是陽性過去式，如「przeczytałem」、「pomyślałem」等以「łem」結尾的詞，我採用的是第一人稱複數，因為團隊裡就我一名女性，如果我用「przeczytałam」、 「pomyślałam」等以「łam」結尾的第一人稱陰性過去式，身分馬上就會被識破。

瓦拉絲：劊子手也情願匿名，戴上黑色面罩。

辛波絲卡：這說法太強烈了些。我認為這並非不可逆的判定，被定罪者還是可以如常寫作，不過得將作品寄給其他雜誌社，不然就是立即調整寫作風格並加以精進文筆。我們的通訊對象主要是年輕人，年輕就意味著無限可能，其中或許有些人能蛻變成真正的作家。

瓦拉絲：面對無助又戰戰兢兢的新人作品時，妳不覺得自己冷酷無情嗎？

辛波絲卡：無情？我自己也是從拙劣的詩詞和

1　編註：「文學通訊」為波蘭《文學生活》雜誌中的專欄名稱，簡稱「通訊」。

故事開始的，我知道冷水澆頭所能帶來的療效。如果有人在通訊中自稱老師，卻使用錯別字，像將「równanie」寫成「ruwnanie」[2]，那才真的會受到我的無情對待。

瓦拉絲：這純粹是無知了，無關藝術。

辛波絲卡：「文學通訊」還談不上藝術層次，我嘗試傳遞基本概念，鼓勵人們反思他們所寫的文字，以批評的眼光來看待自己。最後就是鼓勵人們閱讀。或許是自欺，但我希望這會成為部分人士終其一生的美好習慣。

瓦拉絲：妳的通訊對象中有誰曾現身過嗎？

辛波絲卡：沒有。再說也沒必要，人們總會從最初的失敗經驗中走出來，甚至會忘記曾經寄出那樣的作品。

瓦拉絲：妳一向對自己的評價標準有自信嗎？

辛波絲卡：不總是如此，但如果是劣作，則確定無誤。

瓦拉絲：此處用了「劣作」這樣的無情字眼，不知道妳有沒有注意到，在其他的人類活動領域中，工作表現差並不會被冠上如此帶情感標記的形容詞。譬如說「笨拙工」不怎麼好聽，但也比不上「拙劣作家」。爛木匠、爛水管工或者業餘鐘錶匠都能好好過日子，沒有人對他們惡言相向，攻擊性語言主要都針對平庸創作者，像拙劣作家、拙劣畫匠、平庸音樂人等。噢！還有差勁的情人也在此列，「無能」一詞跟拙劣作家一樣具侮辱性質。

辛波絲卡：不過「拙劣作家」往往在其專業領域中有所能，甚至相當出色。記憶裡，我不

2　譯註：波蘭語中「ó」和「u」讀音相近，容易混淆。

曾在「文學通訊」中稱呼任何人為拙劣作家，我盡量將這種寫作上的過多精力引導至其他方向，譬如給親近的人寫信、寫日記或寫詩等。

瓦拉絲：也就是非專業寫作的發洩方式？

辛波絲卡：正是如此！當有人寫出不錯的應景詩而被友人讚賞，說出「老兄，太棒了！你一定得發表」的評論時，問題就來了。在特定情況下能讓人感到愉悅、甚至打動某位藍色大眼女孩的作品，一旦落入毒舌編輯手中，可不會得到相同的回應。

瓦拉絲：或許這就是現代精神的體現，過去受過教育的人通常在美術上也具備一定的業餘能力，能寫應景詩，就像能畫水彩畫或彈鋼琴一樣。

辛波絲卡：但是當時鮮少有人會想到把文章寄給報社，私人圈子裡傳閱就夠了。

瓦拉絲：後來寫作成為專業，浪漫主義更是將其推至社會上層（尤其是詩人）。

辛波絲卡：而在「文學通訊」的非浪漫時期，人們普遍將詩人放在更高的位置。我們得記住，那是灰暗、沉悶且晦澀的年代，隱身無名人群中本應為個人帶來無止境的幸福，然而每個人都想不計代價地讓自己脫穎而出，當時的選項不多，最佳方式似乎就是讓名字被刊登出來。

瓦拉絲：現今，上個電視就能刷「存在感」了。

辛波絲卡：或者參加答題節目，像是 —— 誰是《輓歌》（*Treny*）的作者？a）莎士比亞（William Shakespeare），b）米豪・巴烏茨基（Michał Bałucki），c）揚・科哈諾夫斯基（Jan Kochanowski），d）小熊維尼。有意思的是，就連答巴烏茨基的人都很威風，有好一

段時間走在路上還能被人認出。[3]

瓦拉絲：在閱讀「文學通訊」時，我留意到妳是少數敢向文學新進說出作家應具備才華的人。嚴肅的評論家現今不太樂意使用該詞，它變成不說的語詞，這樣才不致流於詆毀。

辛波絲卡：也許不說是對的，因為才華是難以用科學定義的概念，但並不是所有無法精確定義的東西就不存在。再說，我不是評論家，在表達上有某種程度的自由。才華……有的人有，有的人終其一生無法擁有，但不是說後者就是失敗者，他有可能成為很棒的生物化學家，或者北極的發現者。

瓦拉絲：就我所知，北極早就被發現了。

辛波絲卡：確實，我扯遠了。但我想說的是，文學天賦只是眾多天賦之一，可以擁有其他的。

瓦拉絲：妳的通訊對象是否經常以他們熟識的天才作為寫作典範？

辛波絲卡：確實有過，「文學通訊」真正的惡夢是詩人韓波（Arthur Rimbaud），十六歲的寫作者們大半知道他在他們的年紀就寫出精彩的詩作，難道他們的作品就比較差嗎？

瓦拉絲：「文學通訊」是否曾收到未經政治審查的文字？它們是否也因某些原因而必須被沉默以待？

辛波絲卡：我不記得有這樣的情況，編輯部的確曾收到過「非正當性」的內容，但都是來自已小有名氣的人。

3　譯註：《輓歌》為揚・科哈諾夫斯基的詩集。

瓦拉絲：所以不是從「叛逆」，而是從「順從」開始的？

辛波絲卡：我不知道當時人們是否同今日的我們一樣，意識到這取徑方式的怪異之處，那時寫作者的第一個想法就是：登場。也就是先了解暢銷作家都寫些什麼，然後嘗試寫類似東西，再後來才有機會發表屬於個人思考和表達方式的作品……。需要補充的是，此處所述情況是在沒能讓作家開創其他可能性的空間下，無論對成熟作家或新進作家而言均如此，否則年輕作家可以一開始就選擇審查所無法接受的主題。

瓦拉絲：很開心妳能同意出版這本書，告訴我，重新讀此書妳的感受如何？

辛波絲卡：「文學通訊」所帶來的樂趣超過其教導上的價值，而我該對這種落差負最大的責任。不過其實妳也有責任，德麗莎，正是妳想

起了「文學通訊」，並且將它從舊期刊中翻了
出來。

二〇〇〇年十月

文學通訊

·致克拉科夫的觀察者

您指責我們扼殺年輕的文學人才,「這些脆弱的植物」——我們讀到——「應該細心呵護和照料,而非像你們那樣批評其軟弱和無力以期結出成熟的果實」。我們不鼓吹以溫室栽培文學作物,植物必須在自然天候下成長,並適時地適應環境條件。有時植物自覺是棵橡樹,在我們看來,卻不過是普通的草,再細心的照料也無法使它變成橡樹。當然,有時我們的診斷可能出錯,然而我們並不阻止這些植物成長,也不會將其連根拔起,它們可以繼續成長,以便有朝一日證明我們的錯誤,我們將歡欣地承認自己的失敗。再說,如果您願意更細心閱讀我們專欄的話,應該能留意到,只要有值得讚美之處,我們都會盡力去強調,至於好評相對來說不多,並非我們的錯,畢竟,文學天分不是種普遍現象。

✍

該如何做才好

JAK TO SIĘ ROBI

·致洛石尼查的 H. J.

負責「文學通訊」的編輯經常收到語帶威脅的信函，內容差不多是這樣：「請告知我的文章是否具有某種價值，如果沒有 —— 我會立刻停止，將它們撕毀、扔掉，從此與成名的夢想告別，我將陷入絕望、自我懷疑、崩潰、喝個爛醉並從此懷疑生命的意義。」編輯往往不知如何回應這種狀況，無論寫什麼都可能變得危險，如果說詩作或散文寫得很糟，悲劇就此產生；說作品很好，作者將對自身才華有偏執的妄想（曾經有過這樣的例子）。有些人甚至要求立刻回覆，不然就會有可怕的事發生，連讓人考慮的時間都不給呢。

·致什切青的哈利

您列出一長串的作家名單，其才華初期未能被編輯和出版商發掘，後來這些人為此感到遺憾且羞慚。我們很快就讀懂暗示，因此虛心地閱

讀文章，以免誤判。只是這些文章都已過時，不過沒事，如果您能寫出類似《娃娃》（*Lalka*）和《法老王》（*Faraon*）這樣的作品[4]，一定能被收入《文集》（*Pismach zebranych*）中。

✍

· 致斯翁尼基的 H. C.（G？）

請您，何止是請 —— 我們求您，何止是求 —— 我們直接祈禱，願您能將可辨識字跡的作品寄來，我們一直收到的是 —— 也許恰似可敬的托瑪斯·曼（Thomas Mann）那樣 —— 以密麻小字所寫的手稿，不僅帶墨點，字體還如簽名般龍飛鳳舞。我們無法以相同的方式作為回報，因為印刷技術的大師們還未發明出難以辨認的字體，如果有一天成功了，我們再來評價您的作品。

✍

·致比托姆的芭芭拉 D.

有時不只是手稿字跡難辨識，打字稿也可能如此，您寄來的有可能已是第十次轉印的版本了，行行好吧！他們可不會賣眼睛來賺取外匯。起初，我們以為您放入信封內的是餐廳菜單，因為大型飲食供應商通常將清晰可讀的拷貝版本送到會計部門，比較差的版本就交到客戶顫抖不已的手中。

·致盧布林的 E. T.

我們一讀再讀，在沾滿汙跡和塗抹至全黑的頁面間掙扎，突然靈光一閃：為什麼我們不能就此宣布挫敗？別人能，難道我們不能？既然連作者自己都不想重新抄稿，為什麼我們就必須

4　譯註：波蘭小說家博萊斯瓦夫·普魯斯（Bolesław Prus）
　　的作品。

閱讀下去？當然，我們不一定要這樣做，理由
並不難找：因為下雨；因為格妮雅呆傻；因為
我們膝蓋痛；因為雅拉有貓；因為科瓦爾斯基
這麼活著；因為沒人帶我們去看電影；因為時
間流逝；因為無聊；因為總有一天世界末日會
來到等等。過後，我們又再度謙卑地彎下身埋
首文字間，努力試著讀完文章，但回信就真的
沒必要了。

✍

· 致森濟舒夫的 Kryst. J.

親愛的女士，我們不購買創意也不銷售，更
不仲介其間的買賣。僅有一次，出於善意且
完全無私地，我們極力向友人推薦一個商人
自我引爆的故事。然而，友人認為這個念頭
太古怪了，謙稱沒辦法處理，自此以後我們
就不再這麼做了。

✍

·致華沙的 M. Z.

負責「文學通訊」的編輯，生活實在充滿驚喜，常被要求一些不可能做到的任務。例如，曾被要求在信中（私人信件！）寫下如何寫作才能被刊登，也有人要求我們收集學校作業所需的資料，或者寫報告。更有人要求我們提供完整的必讀書單，彷彿作家的發展過程不需獨立性似的。馬雷克先生，您剛好可以補充我們這份名單的不足，貼心地寄給我們一些芬蘭詩作（原文！），提議讓我們從中選出想刊登的作品，一旦選出，您保證會將作品翻譯出來。一眼望去，這些詩作都很讓人滿意，抄寫用的紙漂亮，字體簡潔而且明晰，間距和邊距均衡，而且其中只有一個字用藍筆劃掉，整體維持完整，沒有被破壞，可見作者仔細檢查過打字稿。

✍

·致卡利什的阿塔

那些優雅又充滿宮廷式拘謹的詩作讓人浮想聯

翩，如果我們有座占地廣大的城堡，會請您擔任宮廷詩人，吟唱出關於玫瑰的懊惱，只因花瓣上停留著不請自來的蒼蠅。接著您又對我們只要微動手指，就能將醜物從美麗花卉上驅走而讚美不已。當然，以比哥斯（bigos）[5] 毒死十二位叔伯為作品內容的詩人只能被鎖入地牢，被視為毫無才華之人。最奇怪的事是，吟誦玫瑰的詩能被視為傑作，而以叔伯為題的詩卻成為劣作……。沒錯，繆思無關道德且反覆無常，有時就偏愛這樣的瑣碎內容。最重要的是，詩人要能使用時代的語言，您的作品無論在形式或想法上都很老套，於十九歲女孩身上很少見，或許這些詩是從曾祖母輩的紀念冊中抄來的？

✍

·致維利奇卡的火星

跟我們認識可不是什麼美好的事情，我們常會拿一些奇怪的問題來煩寫作新進，像是認識

弗雷德羅〔Fredro〕嗎？是或不是都請說明為什麼。然後會突如其來地問有關卡繆〔Albert Camus〕《鼠疫》〔*La Peste*〕一書中的某些細節，過一會又大聲問：「有關農業報編輯的趣聞是誰寫的，到底是誰啊？」對某些人而言，這些問題實在難以回答。

✍

·致克雷尼察的馬格羅

親愛的各位，你們對我們的要求太多了。兩位都寫作，而且還一定要知道到底誰寫得比較好，我們不想淌混水，何況信中「主要取決於⋯⋯」這樣的句子嚇到我們，婚姻生活中的競爭，只有在喜劇電影中才能得出好結局。你們的風格都很接近，難以區分，作為家庭的擁護者，這場所羅門式的審判就止於此吧！

5   譯註：波蘭菜餚，即酸白菜燉肉。

✍

· 致羅茲的 J. Szym.

嗯！您認真抄錄了揚·斯托貝爾斯基（Jan Stoberski，波蘭散文作家）的小說片段，寄給我們想當成處女作發表。不過這跟來自格但斯克的某位工作狂相比之下不算什麼，他抄錄了《魔山》（*Der Zauberberg*）中的一整個章節，為了不被識破，還將人物的名稱都改過，整章節算來有三十頁之多。相較之下，您那四頁的手抄稿看起來顯得寒酸，得加緊追上。先推薦您《人間喜劇》（*La Comédie Humaine*）這部作品，故事不錯且頁數多。

✍

· 致格丁尼亞的 Wł. P.

我們不只一次強調對信件的重視，許多寫作者卻要求只就一官方式句子下評論，顯然他們認為文字本身就說明一切，無須多做解釋，因而

我們對寫作者的年紀、教育、職業、喜歡的讀物，甚至自我要求等方面一無所知。以您的例子來說，我們甚至不知道您寄來的作品是初試啼聲之作，還是從兩百篇小說中選出的，對評審來說，這當中有極大區別。對首次跳探戈的舞者提出糾正是一回事，如果品評對象是擁有十幾年經驗的舞者又是另一回事，所以還請提供多一點訊息吧！

✍

·致斯武普斯克的 Il. C.

這次的信件不同，雖然也是短小且無直接訊息，然而卻不如寫作者意般透露出許多細節。如同您可能料想到的，我們講的是信件中凌亂而潦草的字跡（通常還錯字連篇），紙張看來也像多次使用過，只要瞄一眼信件就失去進一步閱讀的興致，說明寫作者的審美觀不足，對自己作品的態度也不莊重。我們經營「文學通訊」多年，這樣的信件未曾有過值得留意之處，

從來沒有發生過。所以我們可以問心無愧地停止閱讀這種到此一遊的可悲之作。

✍

· **致耶萊尼亞古拉的 T. Z.**

您的來信屬於第三類，有諸多引人關注之處。「我的信件？」您如此問道，「我寫了好幾頁！看起來應該還不錯，真不知你們還要怎麼樣。」信件的確落落長而且齊整，但真的不知所云。作者大概用了三頁半的篇幅傾訴他如何決定寫信給我們，起初雖然不想，但後來還是下了決定。一旦開始寫作，就應該知道寫得怎麼樣，自己難以斷定，所以需要讓別人看，儘管一開始還是有些抗拒和遲疑，不知是否要寄出信件，最後還是寄了出去。有時喜歡自己所寫的文章內容，有時又完全不喜歡，在此情況下，只能交由作者以外的人去評判，讓他決定是否值得繼續寫作，是否值得寄出……等。從這類信件內容就可以想見文筆如何，一眼就可

看出作者缺乏形式感，認為寫得愈多，愈讓人印象深刻，實際上卻缺乏活力和想像。我們的評斷有百分之九十五是正確的，隨信所附的作品通常都有同樣的缺陷，然而我們還是認真地閱讀，畢竟還是有百分之五的希望啊！僅以此語作為今天評論的總結。

✍

· 致什切青的 J. G.、羅茲的 A. Z.、格涅茲諾的 H. K.

春天，春天啊！殘忍的女孩們拋棄詩人，投入另一批詩人的懷抱，造成的後果是大量詩作湧入編輯部，內容不外乎：一、悔恨——「儘管滿是缺陷，妳還是讚美我。」二、決心——「沒有用的，誰也不能將妳從我身邊搶走。」三、苦澀——「我躺在墓地時，妳不在身邊讓人悲傷，然而我的靈魂將與妳同在，思緒則在天上。」四、倉促的承諾——「我絕不會讓妳走入命運的荒野。」五、善意的鼓勵——「當我

成為妳的，妳將在我眼中游移。」上述都是人之常情，甚至在某種程度上顯得迷人，也難怪年年到來的春天每每都在我們編輯部的靈魂中喚起難以言喻的恐懼？

‧致波羅寧的 WŁ. T-K.

「我先為拼寫上的錯誤致歉，因為在抄寫時過於倉促……」這句話令人費解，原先我們認為匆忙只會影響字跡的辨識度。按常理來說，「horyzont」（地平線）不應寫成「choryzont」[6]，而「zdążyć」（及時）可能還比「zdarzyć」寫起來要快一些[7]……再說，到底急什麼呀？其一，世界末日要二月中旬過後才會來到。其二，不知道世界末日是否也包含「文學通訊」在內。其三，目前來說，這些文字都還是鬆散的紀錄，只有在適當的想像力催化下才能轉化成詩。在此致上問候！

· 致克拉科夫的 OL

如果您沒有勇氣來找我們談寄來詩作的事，那就害羞地來吧！我們特別歡迎害羞的人，通常他們對自己要求更高，更有毅力，思考也更集中。這些特質本身並不意味什麼，但擁有這與生俱來的能力，能為寫作提供難以估計的助力，使其直接化成天分。不需要為這次會面準備燕尾服，因為我們只在午前工作！

· 致拉多姆的卡伊卡

「文學通訊」的部分通訊對象會因獲負面評價

6　譯註：「h」和「ch」在波蘭語中發音相近。

7　譯註：「ż」和「rz」發音相近。

而心懷敵意，編輯能深刻地感知到這種情緒。因此，當我們收到以詩形式表達的求婚信函時，心中感到莫大慰藉，成為工作上的動力。然而，投稿者卻有一障礙，可以說是一種心理障礙：他要求未來另一半絕不能寫詩，就算對方醜些、沉悶些，甚至無聊都沒關係。時至今日，他仍是一名單身漢，因為找不到啊！

·致霍茹夫的 P. Z. D.

「要不就給我能刊登的某種希望，要不就至少安慰我……」讀完這段話後，我們不得不選擇後者，所以，注意了，現在就給您安慰。往後您面對的將是作為讀者的美好命運，而且是毫無私心的最佳讀者，也就是文學愛好者的命運，成為文學最堅強的永久伴侶，不是需要贏得什麼的人，而是已經贏了的人。您將純粹為興趣而閱讀各種不同書籍，不必追隨「技巧」，也無須設想是否能寫出更好或者一樣好的內容。就此少了嫉妒，也不會陷入沮喪或懷疑的狀態，這些都是本身也從事寫作的讀者會有的情況。但丁對您而言，將只是但丁，他是否有個阿姨在出版社已無所謂。您不會夜夜被這樣的問題折磨：「為什麼某某某的作品根本不押韻，卻能刊登，而我齊整押韻，還仔細計算音節，卻沒收到任何回音？」您完全不再需要看編輯臉色，各「階段」的嘲弄嘴臉不是毫無影響，就是影響甚微。另外還有一個相當大的優勢，就是我們常會說「失敗的作家」，卻從不

說「失敗的讀者」。當然，是有那麼一大群失敗讀者的，他們也僥倖地逃過指責，您自不在此列。如果有人寫作卻寫得不好，周遭的人立刻就斜眼嘆息，甚至連來自女友的安慰也無法指望。如何？現在是否感覺自己像個國王了？是吧！

✍

・**致烏冰**

如何成為作家？您問了個麻煩的問題，像是問媽媽「孩子怎麼生出來」的小男生一樣，就在媽媽說「很忙、以後再說」的時候，男孩堅持著：「那就至少給我解釋個開頭……」好吧！我們也試著至少解釋一下開頭：那就是需要有點天分啊！

✍

· 致博赫尼亞的馬龍

並非所有會畫出坐著的貓、煙囪冒著煙的房子和由一個圓、兩條線和兩個點組成的臉的人未來都會成為畫家。親愛的馬龍，你的詩作就正處於這樣的繪畫階段，請繼續寫作、思考並閱讀詩作，然而也要考慮取得實用的專業，不要理會繆思的鼓舞。就我們所知，繆思是歇斯底里的，你畢竟不能寄望於歇斯底里啊！

✍

· 致華沙的 H. W.

讓他對寫作死心？萬萬不可。首先，再過幾年，情況自己就會明朗。再說，小男孩以寫詩為樂，對其他形式的玩樂只會輕蔑以待，不予理會。不過，我們也不贊同推薦讀物，只有在年輕人對人文科目完全不感興趣、一心想成為只會技術的呆子時，這樣的推薦才有意義。此處根本不存在這樣的威脅，就讓他自己找書（他也已經如此做了），學會自己選擇。如果找的是對

他年紀而言太艱難的書也無所謂，讓他偷偷地讀，對書籍的討論是他所需要的，可成為談話的好材料。

· 致羅茲的 Z. Z.

您將我們的回答當成冒犯，其實並非如此！我們說您在詩中缺乏非常重要的想像力，但完全未曾質疑您的內在和性格、專業素養、知識視野、舉止，甚或男子氣概。總之，我們並未逾越狹隘的編輯權限。向一名金髮者說出他不是棕髮，算是種侮辱嗎？何況是他自己要問的。您還心存浪漫想法，認為成為詩人是件榮耀且值得讚美的事，但其實最高榮耀和最值得讚美的是將一個人所具備的才能發揮至極致。在此致上最美好的祝福。

·致諾沃加德

波蘭語系主要在為從事教學工作做準備，並不傳授如何寫好詩。任何再精彩的課程，即使認真聽講，也無法創造出才華，最多只能作為協助，前提是如果擁有的話。您的詩讓人感到愉悅，陷入初戀的人很容易體會，戀愛中人都有種轉瞬即逝的天賦，然而卻極罕能經得起心靈停滯的考驗。愛娃，還是轉向化學吧！

·致盧布林的 W-icz

有時，命運賦予人的文學才能恰只足以寫出優美的信件。是啦！現在沒人寫信了，朋友之間改成通電話聊天，而社交談話也不再成為交換意見的一種藝術，讓人所懷抱的微小而珍貴的才能無發洩之處。就算找到出處，也是虛假的管道：像是執意嘗試寫詩或散文，幻想著凡能讓身邊人感興趣的內容，也一定能讓廣大讀者

感興趣。遇到這種情況，我們的建議很老掉牙：您不妨找個能無所不談的通訊對象，誰知道寫長信的潮流會不會再回來？那時，您會走在最前端。

✍

·致戈萊紐夫的 B. K.

「天空中央流動的銀河／神祕，有點嚴酷／像條精緻的圍巾般鋪展……」難以想像您已經十八歲，看來像只有十二歲，還沒來得及閱讀關於星座的基礎科普書籍，或許這樣的讀物就足以讓您感知詩作的幼稚程度，您用來比喻銀河的圍巾，像從曾祖母的衣櫃中隨意拿出來的一般。如果您真的十八歲了，寫詩這件事還是讓別人去做比較好，這沒什麼好嫉妒的，畢竟是沉重的營生方式啊。

✍

·致 M. D.

這些令人愉悅的押韻詩應該有機會在地方性慶祝會上發表，當然是在正式開場、致詞和綁著粉紅蝴蝶結的圓滾小女生彈奏完蕭邦的《波蘭舞曲》之後。觀眾們在椅子上調整坐姿，不知道接下來還有什麼節目，或許該去取自助餐了？就在此時，關於我們這小鎮的詩作登場了，作者一一指名道姓，禮貌而和藹！笑聲和掌聲爆發而出。這一切都發生後，最糟的一刻才出現。有人對作者說：「您應該寄出去發表，就這樣浪費了多可惜。」哎！不明智的建議啊！賀詞根本沒有浪費，所有相關人等都感受到愉悅的氛圍，目的完全達到了。只有到了編輯部的桌上才會被浪費，它們在此將以文學角度被衡量，他們會說這根本不是詩，讓作者因而感到懊惱，實在不必要啊！

·致盧布林的 W. K.

到目前為止，您的觀察屬於私人範疇，所涉及的人和環境都以模糊和片面的方式描述，無法吸引讀者的注意力。再說，我們不太明瞭為何您在給編輯部的信中提到「寫作狂熱」，彷彿這是需要盡快治癒的尷尬病症。寫下自身想法和經歷的內在需求一點都不反常，相反地，這是個人文學涵養的自然表現，不僅作家須得如此，凡受過教育者皆該如此！閱讀舊時日記或信件等出版物時，我們有時會訝異於這些自述所閃耀出的文學光芒，而這些人通常既不是作家，也不打算成為作家……。如今，有些人寫了幾頁文章後，就想知道其價值而反覆思索是否要發表，且急切想知道是否值得為此浪費時間……。每一個措詞穩當的句子應該立即得到某種回報，這樣的想法讓人感覺可悲。如果十年後或二十年後才得到回報呢？或者如果永遠不值得發表，卻因此能讓寫作者度過艱難時刻，並豐富其人格呢？難道這不重要嗎？

· 致比亞韋斯托克的哈琳娜 W.

我們要說些刻薄話了：您心思純淨且太過單純，無法寫得好。才華洋溢的作家內心深處有各種惡魔徘徊著，即使於寫作前後的時間蟄伏（是否該小睡一下？），也會在寫作當下積極活躍起來，若缺乏這些助力，作家無法感受其筆下人物複雜的人生經歷。「關於人性，沒有我不知悉的。」這句話的背後不會是聖人光環。此致。

· 致札科帕內的 Rom. L.

您使用的假名實在不雅，我們回信時只好採用首字母稱呼。詩中對詞彙運用也毫無節制，「文學通訊」的編輯中有些優雅的女性，面對這種情況實在尷尬。不過，還是回到正題吧！木造圍籬愈來愈常為鐵絲網所取代，文明進步的結

果（多圓滿啊！）是部分形式的詩不再能為廣泛的群體所接受，在此表達我們的同情之意，畢竟您正是進步下的無辜受害者啊！

✍

· 致克拉科夫的 H. C.

缺乏文學才華一點也不可恥，即使是聰明、機智、高尚且在其他領域出類拔萃的人，也可能不具文學才能。當我們評論內容貧乏時，並不是要羞辱人或讓人失去存在意義的信念。的確，我們不一定都用中式禮貌來表達自己的判斷，在文化大革命前，中國人可能會如此對待失意詩人，說法類此：「您的詩作超越古往今來的所有作品，如果就此刊登，整個文學界將在其耀眼光芒中顯得黯然失色，而其他作者將會因自身的無足輕重而感到苦痛不已……」

✍

· 致華沙的 J. W.

一個剛起步的寫作者，如果在自己的處女詩作
於某雜誌上發表後，就決定要放棄大學學業，
自此以寫詩為生，這種情況會讓我們非常擔
心。結果不外乎是，失去的一年時光不復返，
接下來的詩作日積月累地躺在編輯部桌上，幸
運的話，可能會等到在週刊上發表的機會。基
於對後輩的關愛，建議您再三思索，這些詩目
前只算是不過不失，可以確知的是這類作品
足以建構出詩人的地獄，何況您放棄的學業
是醫科，弗里德里希‧席勒（Johann Christoph
Friedrich von Schiller）所學之專業？

· 致庫多瓦的追尋者

我們沒有教人如何寫小說的教科書，或許美國
已經出版這類書籍，但我們敢於懷疑其價值。
原因在於，如果作者知道文學成功的祕訣，應
該會自己利用，而非將其寫成教科書來獲利，

簡單吧？就這麼回事。

✍

· 致克拉科夫的瓦爾德馬

是的，四十歲後還是可以開始寫作，為時不算太晚，但我們對熟齡新進作家的要求有所不同：年輕出道的決定性關鍵在於新奇的想像力和對世界所抱持的非既定看法，感覺多於思考，不經意的觀察多於從生活累積經驗後的選擇性觀察；而我們對較晚期出道者則要求更多附加價值，若非紀錄或回憶方面的文字內容，作品就需要展現相當程度的生活歷練和有意識養成的藝術品味。總而言之，四十歲的人不能寫得像只有十七歲那樣，因為沒有足夠的時間和心力取得更高成就。

✍

‧致克拉科夫的 U. T.

青年音樂家上音樂學院，青年畫家上藝術學院，而青年作家卻無處可去，您認為這不公平。沒錯！學校為音樂家和畫家主要提供的是技巧面的知識，這方面比較難在短期內獨立取得，然而作家在學校裡要學些什麼？拉小提琴需要專業指導，但要在紙上揮筆，去一般學校足矣。文學不具任何技巧上的祕密，也就是說，對懷有才華的凡人而言，沒有無法洞悉的祕密（鈍人則連文憑都幫不上忙），它是所有藝術中最不具專業要求的領域，作家可以是二十歲或七十歲，可以是自學者或教授，也可以是未曾通過畢業會考（像托瑪斯‧曼）或擁有多所大學榮譽博士學位者（同前者），成功之路為所有人開放。不過，這也只是理論，畢竟基因決定一切。

✍

· 致伊諾弗羅茨瓦夫的 Eug. Ł.

又是糾結著「年輕」這一論點，不過這次我們
要原諒作者，他還沒去任何地方旅行過，未曾
有過有意思的經歷，也未閱讀過所有該讀的作
品，這些自述源自一種信念（學生式的，因此
有點過於簡化）：即作家完全由外在環境塑造
而成，其創作力取決於人生經歷的多寡。殊不
知作家是從內形成，即從內心和頭腦，以與
生俱來（在此強調，這是與生俱來的）的思考
傾向和對細微事物的感受力，對別人認為的尋
常事物有著不同的體悟。去國外旅行？我們誠
摯地祝福您能成行，總是有些用處的。然而在
您去卡布里島前，建議先去個鳥不生蛋的小地
方，如果自此返回後也沒有任何值得寫下的印
象，那去藍洞也沒什麼用了。

· 致盧布林省海烏姆的 Tede.

真正的才華需要指點和教導，尤其是剛起步

時，然而這種學習必須像是不經意般的循序漸進。要確切理解藝術上的好壞、重要與否、成功或失敗及其原因等，這些不只是閱讀和知識的問題，而是出自天生的本能，或許也正是最重要的關鍵。能說這些話，是因為我們在這方面做了許多觀察：有些新進詩人只需針對缺陷稍微提點，就不會重蹈覆轍，而有些人即使與之談話八小時都起不了作用。可以確認的是，這種與生俱來的本能會讓新手作家往比他所知更多的人身上靠攏，這些人在經驗、敏感度和文化上都更優秀。任何環境中，人際之間總有選擇，要讓別人留下好印象還有機會。我們不鼓勵您斷了當前建立的友誼，只是不知現狀是否能讓您滿足，從來信中可知您的心已被占據，但頭腦還是自由的啊！

✍

·致克拉科夫的 W. J.

現代版的音樂家揚科（Janko）[8] 臉緊貼著玻璃

聽動物樂團（The Animals）的歌……，這概念
很有趣。然而，就滑稽諧擬之作來說，不免過
於粗糙了些。如果您十八歲，建議來年再試；
如果您二十五歲，請快將因莫名緣由而藏在抽
屜裡的佳作寄來；如果您已三十歲，但願您能
跟朋友一起度過歡樂時光。

✍

· 致什切青的 Z. H.

您喜歡「普通人」這個概念，寄來作品中的人
物也正是如此：平淡無奇又缺乏個性。我們有
些憂心，文學裡容不下這一類人物，從遠處看，
所有人都一樣，然而作家卻必須近距離觀察，
「必須」一詞用得不是很恰當，因為沒有人發

8　譯註：波蘭作家亨利克·顯克維奇（Henryk Adam
Aleksander Pius Sienkiewicz）所著小説中的人物。

令，這純粹是作家本能的問題。我們無法同情從一桌走到另一桌、陰鬱說著「一切都無意義」的曼紐爾，因為我們不知道什麼原因使他得出如此絕對的結論，難道是女朋友無故離開他？肯定是有原因的——就是沉悶和髒亂啊！

·致索波特的烏拉

用一句話為詩歌下定義,沒錯,我們知道至少五百種說法,但沒有一種嚴謹而義廣,只表達出當代的品味。天生抱持的懷疑主義讓我們不妄想嘗試下新定義,然而卡爾·桑德堡(Carl August Sandburg)有句格言寫得好:「詩是渴望飛翔的海洋生物所寫的日記。」能從現實中片刻脫離?

✍

·致格但斯克的 Ir. Przyb.

不要為賦新詞強說愁,詩是無趣的,一再循環重複。如同所有文學類別,詩歌從我們生活的世界中汲取活力,取自真實的生活、苦難經歷和獨立性的思考。世界必須一再被重新書寫,因為此刻已不同於以往,或者只因當時我們尚未存在。特麥耶(Tetmajer)或許可以寫出《呼嘯曲》(*Wichrowa Pieśń*),然而您也二十四歲了,三千萬波蘭人屏息等待

著您要告訴他們些什麼呢。

✍

·致斯卡日斯科－卡緬納的 Pal-Zet

閱讀您寄來的詩，感覺您尚未弄清詩和散文間的重點差別，以〈這裡〉為題的詩為例，它是以樸質方式描述房間和其中所放置家具的散文體，這樣的描述在散文中具明確作用，即勾勒出事件發生的背景：待會門就會開，有人進來，事情開始發生。在詩裡，描述本身就是「進行式」，一切皆重要且具意義，像是圖像的選擇、其安置方式和文字表現出的形式等，平淡無奇的房間描述應該成為我們眼中的新發現，且將此發現的感受傳達出來，否則即使作者將句子按詩的形式細心分行，散文仍只是散文，更糟的是，沒有餘韻。

✍

·致斯塔拉霍維采的葛拉任娜

您理解中的詩是崇高、絕對、永恆、嘆息和悲吟，如此密集的情緒是我們從世紀初以來，在少女記事本中看不到的，誇大程度也令今日的讀者望塵莫及。其實，就連最親近、最讓人信任的人聽到這話，也只能驚恐地望著對話者，然後莫名想起市裡還有要緊事要辦。所以，讓我們解下翅膀，嘗試徒步進行創作吧？

✐

·致盧布林的 Zb.- P.

詩總是帶點誇張，然而必須承認的是，如今已不同以往了。莫爾什丁（Jan Andrzej Morsztyn）曾在名為〈軍艦上的奴隸〉（Galerników）的十四行詩中，將自己在感情上的苦惱比喻成困在軍艦的奴隸所受的痛苦，甚而輕鬆下結論，認為軍艦奴隸的生活比在人世間容易，此概念在我們的時代是不可想像的。十四行詩寫得大膽，卻無法讓人相信作者

的痛苦，自此得出的教訓是：有所節制才能讓自己看來可信。「我含著血淚跟在您後頭……」欸，是這樣嗎，茲畢格涅夫先生？

✍

‧ 致卡托維茲的 P. G.

我們不是誇大主義者，不會期望從日常閱讀獲得心靈上的極大震撼，這種強烈情感極為罕見，其產生應被視為一種恩賜，而非命運中的必然。如果閱讀為我們呈現出的世界有異於我們所感受到的，能帶來片刻的不安、驚訝和喜悅，這樣的日常也不錯。並非每首詩都像往昔的《青春頌》（*Oda do młodości*）一樣動人心弦，然而卻必須帶有某種驚喜，「正確」、「一般」、「尋常」這類形容詞會立刻讓它失去資格。從寄來的詩作可看出您能寫出大眾認定富含詩意的一切事物，維持每個主題的平衡，這是日常生活中寶貴的特質，去公家機關辦事時尤其需要這種平衡。然而在詩中卻未必，因為詩並非

在日常中生成，而是在慶日時、在特殊狀態下結出的成果，是幸運的意外。即使大有成就的詩人也不「習於」寫詩，除非他們已不再是詩人。

✎

· **致庫特諾的 L. P.**
如果情感強度能決定詩的藝術價值，那再好不過了，也公平。如此一來，佩脫拉克（Francesco Petrarca）絕對與……比方說叫邦比尼這樣的年輕人無法相比，因為邦比尼為愛而瘋狂，而佩脫拉克卻能保持冷靜地創造出美麗隱喻啊！

✎

· **致卡利什的卡利什人**
從閱讀的作品中可看出，您心懷譴責的情緒寫作，「苦痛」、「空虛」、「心碎」、「無止境的痛苦」和「虛無」這些字眼一直重複著，

由詩下方註明的日期可知作品之間相隔的時間有時相當長。也許我們判斷有誤（如果是這樣，請原諒我們的粗率），這些相隔會不會正好是比較幸福也比較順利的時期？如果真是如此，為何您不在詩中也記錄這些時刻？您寄來這些千篇一律的嘗試作品是不是也源自錯誤的信念，認為暗自嗚咽才是真詩人該有的唯一作為？您追隨的究竟是哪位詩人的腳步？應該不是既能描繪地獄、又能讚頌生活之美的那位吧！

✍

・致什切青的阿里

「拋開現實就不會做出失敗的作品。」著名的雕塑家賈克梅第（Alberto Giacometti）曾這樣說過，如此崇高的思考也適用於文學：拋開現實就不會寫出失敗詩作……，因為有比較才有所謂失敗，而絕對自由的國度裡絕不會如此。如果詩中少了對現實的考量，或者刻意放棄表

達出對世界或自己的野心，還會出現任何好壞的評判標準嗎？您的詩像文字拼圖遊戲，其唯一神祕性和莫名之處就是偶然性，我們看不到任何具關聯性的原則，也不見對建立一致性意象的任何嘗試，更不用提其意涵了。「我淹沒在世界的糖中，而身體卻為椋鳥啄樹皮聲所喚醒……」這什麼啊？！

・致什切爾克的 G. A.

作為我們這小小「文學通訊」專欄的多年讀者，您對我們卻了解甚微，實在可惜。我們從來不反對押韻詩，也從來不會因押韻之故而擯棄詩作，如「gazda」（波德赫萊區農場主）之於「gwiazda」（星星）。我們棄置詩作的理由在於像波德赫萊區農場主這樣色彩鮮明且健談的人物，卻以不符合詩形象邏輯的方式寫入，正如詩人森普—沙任斯基（Sęp-Szarzyński）曾說過的：「勿為押韻而押韻啊！」

· 致 A. O. K.

所有詩人都有種企圖心，想在一首詩中表達無限的意象，然而卻有兩種情況注定走向藝術上的慘敗：其一是在詩中容納無以計數的元素，希望達到有容乃大；其二是將幾種概念同時匯集在詩中，為的是讓內容盡可能豐富，諸如愛、生活、死亡等。這兩種情況下企圖聚集的「所有」將變得無法控制，成為詩範疇以外的荒唐生活。

· 致弗羅茨瓦夫的 B. L.

害怕說出語意明確的句子、不斷嘗試用幽微的隱喻來涵蓋一切、關注重點不在詞句的明晰和力量，而是如何在字裡行間透露自己是詩人的訊息——這些幾乎都是新進詩人會有的焦慮。如果能及時意識到這點，就還有救。目前來說，

您的詩作可比喻為從簡單語言翻譯成複雜語言的艱鉅工程，讓人忍不住想請求寄來成就這件無用之工的原件。請您相信，與詩原意相連結的單一隱喻勝過五百個事後補充，希望幾個月後能看到您寄來的新作品。

·致普熱梅希爾的黑里多

您在信中寫道：「我知道詩作有些部分很弱，沒辦法，我不會再修正了。」為何呢，黑里多先生？因為詩太過神聖？抑或太無足輕重？這兩種對待詩的態度皆有誤。更糟的是，它們會讓新進詩人有藉口免去精進詩作的責任。向友人敘述星期五晚上十二點四十五分時詩魂曾來附身，在我們耳邊輕語、洩露天機，其熱切之程度讓書寫速度幾乎無法跟上，這種情景實在美好而愉悅，連偉大的詩人都喜歡在社交圈中講述這種讓人驚奇的故事，然而一回到家裡卻偷偷摸摸且勤奮不休地改正、刪去和潤飾文稿。

所以，幽靈是幽靈，詩自有其平庸乏味的一面啊。

✍

·致日維茨的阿爾西比亞德

這首詩小心翼翼地標上三個星號，開頭如下：「他們奪走了我的家／恐懼的避難所／他們奪走了空氣／房裡的黴菌也帶走了……」可以確定的是有人在悲嘆，是誰？作品直到最後都未明說，房間讓人想起一些過往事件，哪些呢？或許是舊建築中正在發生的事？這成為無解的謎。惡棍又是哪些人？奪走了房子！奪走了空氣！如果他們奪走空氣，意味著讓人窒息，然而他們也一口氣帶走黴菌，應該是值得誇讚的事，這些人同時做這兩件事的目的是什麼？短短四行文字卻讓人產生千百個疑惑。千百個嗎？其實一個也不能算，純粹是寫作者的不知所云。他不是這麼做的第一人，也不會是最後一人，而生命就如此流逝了。

· 致蘭茨克羅納的 R. B.

〈暮光〉一詩將心比喻成鳥，那就讓它像鳥吧！然而稍後心又以不同的角色出現，成為「寂靜表面」上漂浮的浮標，這還沒完，下一句又將心喚作召喚「游離思想」的尖塔。您在這些比喻之間未做出選擇，只求符合「詩意」就好。比喻的用意在強化和明確描述語意，如果不能達到作用，就是不好且不必要的比喻。如果詩中一切都用來交互比喻，卻未關注意象的一致性和相互關聯性，這樣的詩還有什麼餘韻可言。

· 致華沙的 Tad. G.

在與文化完全不同的領域工作，且正處於您所謂「人生後半場」的階段，您有時執筆寫詩，以格言形式表達各種美好的思想。對您而言，

詩是困難日常中的喘息之地，能讓人暫時忘卻尋常瑣事，也因此創造出帶點天真和孩子氣的詩節，然而卻也彷彿超脫了特定時空和寫作者本身的性格。「天生」的詩人則相反，對其而言，詩並非休閒或逃避生活的方式，而是生活本身。他們試圖在當中表達您所推開的一切，像是經驗、焦慮、怨念和成熟人會問自己的問題等，固定的詩歌格式不一定都足以讓其發揮，而其格言選擇更往往避開直白形式。他們不會假裝成比實際年齡年輕或與經驗不符的人，您難以在抒情詩領域與這些專家競爭，就如同他們無法處理您複雜的工作一般。

✍

· **致格但斯克的貝尼格娜 K.**

抒情詩人主要寫的是自己，詩作是否能引人入勝取決於寫作者的性格，取決於其內在世界的範疇，而您的範疇太過狹隘，想像力無法跨越到另一時空中。圖溫（Tuwim，波蘭詩人）是

怎麼寫的？「此處自是無法看見／也無法聽見／狡猾之虎潛行／通過茂密的熱帶叢林⋯⋯」如果這隻老虎不會時不時在腦中縈繞不去，就不值得繼續寫下去，其他各種表面上與個人生活體驗無關的奇怪想法也當如此論。

✍

・致米歐德尼察

詩作恰當、流暢且無可非議之處，然而卻也缺乏原創性，它涵納的意象和所用詞彙沒有能讓我們觸動的新鮮感。詩歌必須在抒情上有新意，每次都像是第一次，就連在處理春天的靈動和秋日傷悲這樣的亙古主題時也一樣，否則，前人寫下的作品就足夠了吧！在此問候。

✍

・致札科帕內的 Marek T.

您錯想詩人了，就如同世界是世界一樣，沒有

數著手指算音節的人，詩人生來就有耳朵，總有某些東西是與生俱來的。

✍

・致比托姆的 K. K.

很抱歉我們必須一再用這些詞語回答：「不成熟」、「平庸」、「不明晰」……畢竟這不是為諾貝爾獎得主所開設的專欄，而是針對假以時日那些有機會穿著燕尾服參加斯德哥爾摩頒獎典禮的人啊。您將自由的無韻詩視為從一切規則中釋放的體裁，這讓我們有些憂心。您散漫地做些筆記，然後隨性地進行詞句的排列組合，左邊放幾個字，右邊放幾個字。詩（無論我們曾如何論述）於現在、過去和將來皆是一種遊戲，然而有遊戲就有規則，連孩童都知道，為何大人們偏偏忘了？

Zdecydowany i zmysłowy

果斷而感性

· 致謝拉茲的 Esko

青年時期是人生中一段非常艱難的時間，如果在這樣的苦難中還有著寫作雄心的話，非得有絕佳狀態，才有可能應付得來。所謂狀態包括堅持、勤奮、閱讀、觀察力、與自己的距離、對他人的敏感度、批判意識、幽默感等，並堅持著世界還值得存續下去且未來會更幸福等信念。您所寄來的嘗試作品中只顯現出想寫作的意念，看不出任何明確的優點，一切還有待您去開發。

✍

· 致華沙的艾爾絲別塔 G.

「我應該如何自學，以求更進一步了解波蘭文學，尤其是詩？」如果沒有考過波蘭高中畢業會考，就必須自行吸收文學和歷史方面的課程，閱讀文學雜誌，參加文藝晚會並聆聽相關討論，結識閱讀經驗豐富的友人等。雖然不一定會立即產生驚人效果，但這樣的規畫令人愉

悅，生活即是如此，總體而言是短暫的，但每
個細節處都需要耐心對待。

✍

· 致卡托維茲的 K. K. K.
犯罪小說並不比在《全景》週刊（*Panorama*）
中讀到的作品差，我們可不輕視這種文學類
別，畢竟它是我們在牙科候診室唯一還可算專
注閱讀的讀物。當真實的人物比神祕的屍體更
引發人們好奇心時，真正的文學才算開始。在
此致上問候。

✍

· 致弗羅茨瓦夫的 M. G.
您謙遜地向詩人們學習，觀察其技巧，將其詩
裡的部分意象帶到自己的詩中。有幾首作品以
帶引號的「某女士」開頭，只因從某個時候起，
這位以情歌聞名的「女士」變得非常流行。詩

作的押韻嚴謹，但作者對所選題材的處理卻很隨性。或許是年齡的問題，十七歲時會裝成自己以外的任何人，這點我們很有感，回想自身的可怕經歷就知道。

✍

·致弗羅茨瓦夫附近亞沃爾的亞沃爾

這幾頁的故事實在值得一提，即納入天體動物學講座內容的作品，您在偽科學分類的嚴謹性中加入想像力，讓我們讀來饒富興味。可惜的是，講座的情節安排不那麼具創意和文體精煉性。新進者在世上不容易，必須向讀者展現出作品整體的良好水準，即整首詩而非其中某個隱喻，又或者是整體故事而非其片段環節。新進者只有在窮盡畢生精力成為大師後，其作品的片段、隻字片語或筆記才有可能在死後付梓。聽來苦澀，卻也很合理。請別斷了與我們的聯繫，誠摯地鼓勵您持續寫作。

·致新塔爾格的米豪

里爾克（Rainer Maria Rilke）建議年輕人不要選擇過於籠統或當前的主題，因為這些是最難的，需要極大的寫作成熟度。他建議寫下眼前所見，日常的事物和生活中的得與失，將我們周圍的事物、夢中的意象、記憶中的物體帶入詩中。「如果你認為日常內容過於貧瘠，」他寫道，「勿怪罪生活本身，而應該怪罪自己，怪罪自己作為詩人卻察覺不到其豐富性。」我們覺得自己的建議可能會讓您感到平淡無奇又局限，所以向世上最莫測高深的詩人之一求教，看吧！他是如此看重所謂的平凡事物呢！

·致弗羅茨瓦夫的 B. Bz.

在我們收到的來信中，經常有作者提及學校的波蘭語老師給了好評，遇到這種時候，我們要

不就沉默地收下作品，要不就給負評，或者在最好的情況下，建議寫作者把刊登作品的夢想延後。那該相信誰呢？總有人誤判了，波蘭語老師或者編輯。其實，誰也沒有弄錯，評分方式各有不同，標準也各異，波蘭語老師表揚和推選文體正確、句子流暢、意象明晰、採用正確詩體的詩作，並不要求具新意的表達和思想的獨創性，因為他知道在求學階段，性格還在成形中，無法充分表達自己。如果站在你的老師的立場，我們也會看好你的十四行詩，形式無可挑剔，證明你充分理解課堂上關於十四行詩的說明，然而在「成熟的」文學範疇中，光是技巧上的嫻熟並不足夠，你的十四行詩主題取之於浪漫詩，意象非原創且已為諸多模仿者平庸化了。我們必須再次重申，作品還不到能刊登的時機，當前請認真聽波蘭語老師的課，因為您的波蘭語程度必須是「優秀」才行。

✍

·致羅茲的 Cz. B.

親愛的徹斯瓦夫，我們實在太好奇誰是殺人兇手了，這個懸念一直延續。最後，死者突如其來從棺中起身並指出兇手！我們才明白一切，實在令人震驚！往後無論你寄什麼作品來，我們都將興致勃勃地閱讀。然而，你還要幾年後才能等到真正的評價，因為從各方面看來，你不過就是初生之犢，之後你將發現，不只阿嘉莎‧克莉絲蒂女士（Agatha Christie）能寫出驚心動魄的故事，荷馬（Homer）、莎士比亞、杜斯妥也夫斯基先生（F. Dostoyevsky）等也是。在此致上誠摯問候。

·致拉多姆的 B. K.

從書寫特性來看，作者年紀應該不大，也就是眼前還有大把光陰，所以請閱讀好詩作吧！而且要仔細閱讀，即探索這些作品使用的每個單詞的無限可能性，它們在字典中並無生命，在

日常口語中也顯得毫無生氣，為何在詩中卻閃耀出光芒，彷彿詩人剛發掘出的新事物？「正得如此啊！」荷馬如是說。

✍

· 致弗羅茨瓦夫的 M. M.

兒子，十六歲半，近幾個月來才開始寫詩，變得陰鬱，開始嘗試留鬍子，手指上戴鑲著玻璃的大型戒指，脖子上繫著領巾，帶著裝滿其創造力的提琴盒於城市之中遊走。您問我們這些在此方面的專家，發生在兒子身上的變化是否有其必然性，是否有朝一日會結束。會結束的，當然會結束。男孩目前想方設法要吸引他人的注意力，他正處於相信這些小物件能發揮功效的年紀，我們唯一不確定的是這一切變化是否從寫詩開始，可能同時發生，所以應該也會同時消逝。如果男孩的確有成為作家的資質，很快就會開始進入其他發展階段，他將尷尬地發現自己真的不一樣，這點在生活中並非愉悅的

事。他將不計代價地試圖改變，或者至少隱藏起來，《托尼奧‧克律格》（*Tonio Kröger*）一書中對此有所描述，此處指的並非對相異性的幼稚展現，而是真正的相異性，可能讓生活一再變得複雜的內在敏感性。不過，也別扯遠了，讓我們暫時將提琴盒和戒指擱置一邊，愁苦的父母該怎麼應對這種情況呢？愁苦的父母應該耐心等待，想像自己在這年紀時的情景，並從哲學著作中尋求慰藉。

✍

‧致比托姆的艾娃

誰知道，或許某種詩意的力量在您靈魂底處沉睡，至今還無法脫身而出，您以層層疊疊的鬆散隱喻築成障礙，無法看見這以外的世界。試圖展現詩意是新進詩人最常見的弱點，他們害怕使用尋常的簡單句子，煩躁不安，妨礙了他人和自己。這些人之中有十分之一可擺脫此習性，成為好詩人；五人將完全停止寫作；一

人改寫散文（但願能有更好成績！）；四人則還會持續寫作，然而也愈來愈訝異其作品沒有給任何人留下任何印象。算一算，原來的十人竟變成十一人，顯然在我們寫下這段文字的時候，又有人加入了。

· 致瓦多維采的 Z. N-ski

從前有個美麗、和善而認真的女孩，她有個同樣滿是優點的男友，兩人從事同一職業，預定再兩年就結婚。有一天，女孩遇到一個引起轟動的搖滾樂團，團員們穿著以製作羽絨被的花紋綢緞所縫製的長睡袍表演。幸福消逝了，女孩跟樂團裡那些穿著華麗的人一起離開，開始在低級舞廳裡獨唱，扯著尖細嗓子演出。這是取材自生活的主題，看起來沒有任何寫作難度，劇情自行鋪陳……，然而卻需要深思熟慮的構思，並賦予正確的形式。您以訓誡式的長篇大論敘述事件，間或閃過威脅性的眼神，這

裡雖應以悲傷和嘲諷的眼光看待，然而也要試著去理解角色，這是寫出好散文的必要條件。

· 致卡托維茲的 Me-Lon

如果經理在第一頁出現，通常祕書就在第二頁現身，既然第二頁是祕書，那第三頁就是經理太太，第四頁則是往度假地疾馳的汽車，至於第五頁有什麼——我們不知道。儘管有著天使般的耐心，我們卻無法讀懂「生活意象」，我們陷入沉思後不禁想要問天：「為什麼這些辦公室故事得如此制式、平庸而漠然？」您認為這小說是「現實的」，然而現實主義並非在於使用千百張演繹過的草圖。相反地，只有在大綱結束，進入行動中的人物某程度上開始像真實的人一樣思考和感受時，現實才得以實現。就這個意義上來說，〈諸如此般的故事〉距離現實主義極為遙遠，然而與其他類別的散文也不近似。

✍

·致車比安的 M. O.

「告別夏日如同白色胸脯從鑲著寶石的寬鬆連衣裙中現出……」光一句話就產生許多問題：為什麼像胸脯一樣？為什麼一定是白色？為什麼現出？為什麼是寬鬆連衣裙？這首詩的其他部分並未為我們的焦慮提出解答，反而出現了為蛇所誘惑的亞當，這點可說是大膽的創新，卻應該不太容易被接受，人類更願意將夏娃想成一切罪惡之源。

✍

·致 A. G. K.

敘述簡單卻引人入勝的故事，從中結論只有一個：彼此相互一見鍾情多美好啊！尤其是在過去無任何可打亂這種情感的要素、未來也一片平坦的時候，我們很樂意受邀參加婚禮，並為新人的幸福舉杯慶祝。然而作為讀者，我們卻

感到失望，這或許要怪罪我們童年時讀過的童話故事，壞仙子總是想方設法要混淆和破壞一切，就算時機再短暫也不放過。也許您選來讓我們評論的是在朋友之間未引起討論的短篇小說，是他們最為認可的作品，那麼就請您寄來那些受批評的作品吧！在此問候。

✍

·致盧布林省海烏姆的 B-dan

如同我們在信中所讀到的，您作品中未使用過去詩作存留下來的隱喻，讓我們來看看這些詩作如何。的確，這些詩作裡沒有還待創造的新隱喻，卻多的是已融入日常口語中的舊隱喻。您看，隱喻並非詩中的珍稀物，而是語言的要素之一，永遠無法完全拋棄。整體說來，您從一開始就製造出不必要的麻煩，最先擔憂的該是是否有話要說，就此而言，那些詩的內容貧瘠，無論採取何種形式的技巧都無法補救。「我想成為詩人……」您在此又做了個不恰當的收

尾，我們絕對更欣賞那些單純「想寫」的人，這點才重要。

🖎

·致波茲南的 H. O.

少有人為了自身的樂趣而翻譯詩，而且還是像歌德（Johann Wolfgang von Goethe）這樣難以翻譯的詩人的作品，因此，若我們對這些嘗試的評價不太友善，真的有點抱歉。譯者不僅得忠於原文，還必須能以自己的語言呈現該詩的美感，不失形式且盡可能保留時代的風格和精神。您翻譯的歌德像個無法獲得世界掌聲的詩人：熱愛毫無用處的押韻「tracić」（失去）、「wzbogacić」（豐富）、「siodła」（馬鞍）、「wroga」（敵人），連簡單造句都有極大困難（「當你接近廣場時」對應的原文是：「Wenn dich auf dem Markte zeigest」），甚至無法完全掌握節奏的規律性。這樣柔弱無能的一個人，亞當·密茨凱維奇（Adam Mickiewicz）究竟看

重他什麼？實在令人費解。

✍

· 致華沙的 M. Mar.

這首描述母親的詩寫得流暢，甚至發光發熱，它所表達的內容顯然與我們貼近，然而卻不感人（在此指的是基本的情感，對吧？），而且引發一些疑問。我們試著在此簡要解釋一下：以母親為題的詩有某種特定模式，至少在十九世紀已經現蹤，當時年輕詩人的母親以臉上布滿皺紋和滿頭白髮的形象出現，身穿一成不變的黑袍，乾皺的顫抖雙手擱在膝上。直到現在，這種形象仍頑固地存在詩中，儘管二十多歲壯碩年輕人的母親一般也就四十多歲左右（至少在城市裡是如此），根本不認為自己是年邁婦人，甚至還想方設法讓年邁的痕跡自身上消失，然而兒子們的視角還是緊隨傳統，所以成就不了好詩。

・致華沙的 A. M.

孩子們踢噠踢噠上學去，碰巧啪嗒啪嗒下起雨來，或者雪窸窸窣窣地落下？顯然，這些兒童詩是由各種可怕的女人所書寫，而您卻期盼能加入她們。我們雖無法阻止，但請同情這些孩童吧！他們對這種讀物將蹦噠蹦噠地逃之夭夭。

・致華沙的 M. N.

「如果能刊登，這些詩作就用『Consuela Montero』的筆名發表，謝謝！」妳那十三歲的腦袋裡編著完美的劇情，真好奇，西班牙是否有個真的名叫「Consuela Montero」的小女生將詩作寄到某家出版社並要求以「Marysia Nowakówna」（瑪麗西雅‧諾瓦庫夫納，波蘭姓名）的筆名刊出？這才可說是真正的文化交

流，不是嗎？談作品刊登為時尚早，所以妳們這兩位小女生應該繼續努力並耐心等待。

·致克拉科夫的亞努什 Brt.

為什麼在您的詩中，伊西斯在該亞法庭院中跨步走著？為什麼拿破崙會被長矛刺倒？為什麼柱子像沸水一樣迸開，而層層堆砌的期待之牆淌下鮮血？這狂亂缺乏方法，就如波洛尼厄斯（Polonius）所注意到的，這裡指的自然是波洛尼厄斯跟庫克船長在採蘑菇時的談話。

·致華沙的 Br. U.

一眼看去，這首詩屬於超現代作品，時不時出現階梯外型，時不時有個字母「i」獨占一行，當然沒有逗號和句點，部分單詞的中間字母寫成大寫（新潮！）。但閱讀時，「冰雹般的吻」、「雨般的淚」和「小丑之笑」這些語詞呈現出的是互古的愁緒，看來就像停在原地不動的愛快羅密歐，因為加的不是汽油而是燕麥。

·致索波特的 P-Ł

我們這個時代的不幸是世代間不再對話，尤其是戰後出生的一代，有關閉在自己小天地中的趨向，不向同年齡以外的人透露自己的興趣。無論這種現象產生的原因為何，或它將對群體生活帶來什麼影響，我都知道這對文學不是好事，好奇心的失去將危及其存在，就如同缺乏色彩敏感度之於繪畫、聽力不佳之於音樂。您的故事狹隘、讓人窒息，且沒有任何想探究的問題存在，沒有通向世界的窗口，所以也就沒有任何讓人期待的願景展開，實在非常糟糕，連優雅風格也挽回不了。

✍

·致什切青的 L. G.

人類的前進充滿了崇高使命，「平穩腳步」、「向左看和向右看」、「向上衝」、「壓力和意志鍛煉」、「立起大樓地基」……，儘管缺乏詳細說明，這些都還是可以做到的，但這

句音響效果就糟糕了：「喇叭從一耳吹到另一耳！」您能想像所有人都嚴肅看待這項呼籲的後果嗎？二十億個小號手？那還不如讓世界末日盡快到來，但速度要快且靜悄。

✑

·致拉齊布日魯迪的 E. K.

在「文學通訊」專欄中，這樣令人愉悅的事不常發生：科幻故事！在讀完四百首一模一樣的詠秋詩後，遇到這樣的作品，該有多輕鬆啊！故事本身尚有嚴重弱點，然而我們還是感謝作者，把我們帶到將人類殘舊器官一一置換的時代。既然是預見，麻煩自然也在預料之中。您如此輕描淡寫換腦一事將引來道德上的諸多質疑，垂死的父親要醫師將自己的聰敏大腦移植給兒子，無論其子同意與否，這種想法都讓人震驚。在我們看來，毫無疑慮產生這種想法的大腦無法讓人類有更進一步的幸福。致上我們的問候。

·致布熱斯科的米烏

對自然的描述並非作家所必須，如果找不到能讓人留下印象的清新詞彙，那還不如就讓月光平靜停留於水面上閃耀。您寄來的作品中有偷牛的情節段落，但無論是小偷還是被牽出牛棚的牛，當下其實皆無心欣賞自然之美。

·致凱爾采的 3333

短篇小說的主角是波蘭作家，優秀且耀目，多麼受人歡迎、富裕而多產啊！可說是幸運之子、命運鍾愛之人，從早到晚被捧在掌心，從晚到早飲著來自全世界的蜜汁，即使丟失文件夾（內有精彩手稿），也會立即連同奇跡女孩的手一併尋獲。親愛的夢想家啊！還是寫一些關於凱爾采的消息吧，大家都健康嗎？

· 致比亞韋斯托克的 A. A.

您帶著刻板印象，在美與醜之間劃上鮮明界線，例如：蝴蝶和燕子是漂亮的，而毛蟲和蝙蝠則醜陋不已。對自然有著敏感之心的讀者將感到不悅，您當然可以讚美玫瑰的魅力，然而為什麼要因此貶低蕁麻？它也不是沒有自己的優點。猴子呢？或許與受喜愛的人類相比確實醜陋，但與其他生物相較卻有其優勢，是吧？對我們而言，狒狒的眼睛有種類似蜜雪兒·摩根（Michèle Morgan）的哀愁之美，您想成為詩人，卻對周遭視而不見。

· 致奧爾什丁的 L. A.

您至少使用兩個，甚或三個形容詞來包裝每個名詞，青年波蘭運動時期（Młoda Polska）[9]的人們普遍認為形容詞是詩歌語言的重點，為詩

創造特有氛圍，再無任何其他時代如此尊崇形容詞，這可自然理解成形容事物要準確且謹慎，否則即使格局再完美的詩也將如同裝滿水的船一樣沉沒。讓我們略過少數幾位大師，看看那個時代的二流和三流詩人多年後的作品。以啟蒙時代來說，那些比較「糟」的詩人之作至今仍清晰易讀，即使未能以其高度讓人印象深刻，也不至於惱人或讓人感到沮喪，至少能對其技巧的純熟產生敬意。青年波蘭時期的二流詩人則未留下任何建樹，令人難以忍受，主要是風格搖擺不定的後果。最初的實驗詩一般是受別人影響下所成，然而目前您所選擇的，卻是最差的範本。

✍

9　譯註：波蘭文學的現代主義時期，一八九〇至一九一八年期間。

· 致克拉科夫附近的 L. K.

我們禁止新進詩人使用「串聯」一詞，因為串聯之物不外乎是眼淚（孩童自幼即知珍珠所指為何）、日子（一成不變的單調）或回憶（通常指時間線）。您的詩作充斥陳腔濫調，當然使用這些詞彙並非對藝術的冒犯，藝術領域中多的是蹩腳的模仿者，見怪不怪，然而這些行為對藝術本身卻無任何益處。

✍

· 致波茲南的 Zb. K.

您在三首詩中用了許多崇高的詞彙，這或許是真詩人在其漫長一生中根本不會用到的文字。「祖國」、「真理」、「自由」、「正義」，這些詞語非常貴重，真實的血液從中流出，無法以墨水仿效。如果無法將這些詞彙與個人的反思相互結合，最好暫時別用。

✍

·致克拉科夫的 P. F.

您既選擇如此戲劇性的主題就無法避免感性，感性是能在任何主題和場景中展現的態度。我們可以同意多愁善感是一種欺騙生活的態度，然而無法接受飲用伏特加作為真正的行動，而「酒吧是世界上唯一真實的地方」這種說法，類似主題和場景近來在年輕的散文界相當普遍，我們讀過同系列的諸多故事，好壞參雜，同樣的類型、同樣的對話、同樣的生理狀態、同樣的宿醉。總而言之，一切都是魔鬼般的情感倒置，計畫性的反感傷主義有其模式，然而它很快就會變得無聊，天哪！

✍

·致比得哥什的美男

我們為那些單身幽默和諷刺詩的力量所震驚，因為您寄望的不再是讀者的笑聲，而是其尖叫、嘎嘎大笑，以及從椅子上不慎摔下、還連同桌布上攔著的命名日櫻桃酒也扯下來的反

應，無法做出如此回應的人會有孤單和不被需要的感受，我們可不能讓這種情況發生啊。

‧致卡蜜拉 W.

是什麼讓人們疏離？看不見的牆。可以用什麼來比擬大城市？蜂巢或叢林。什麼是空虛？空虛是貧瘠的。繃緊的弦會如何？會繃裂，再自然不過了。那，是什麼讓編輯失望呢？

‧致塔爾努夫的 B. G.

寫作者渴望自己所寫的作品能讓讀者留下難忘印象，這完全正常，然而在選擇能喚起如此印象的文體上卻遭遇困難。我們已經不是第一次提出這樣的警告，而是第七百八十九次，誇張的表達方式可能會削弱作品整體，或製造出寫作者意料之外的效果。字面上看來，您的故事

似乎出現末日景象：有人用手「捏碎」門把，其實此處應該是手「抓緊」門把；而火車理所當然「發瘋般」疾馳，是大災難即將發生了嗎？其實不然，稍後我們就知道火車到站了，而且還誤點呢。風「狂嘯」吹過，有人感受到內在的「地獄」，車站裡的女孩如「痛苦的雕像般」站著，更糟糕的是，這是一尊「被閃電擊中」的雕像。事後，大家竟然還繼續生活下去，走路、吃飯、成家，一切平靜如常。作為解毒讀物，我們推薦小普林尼（Pliny）對火山噴發的描述之作，文風十分節制。

✍

· 致森濟舒夫的 Kar. M.

醫生可好了，隨時可以開藥方，波爾法藥廠對我們這一行可就無計可施了。在此建議以波蘭語語法來治療，每日三次，飯後服用。

✍

·致盧布林的 M. K.

我們對作者的激動情緒心懷同情，然而也感覺被捲入家庭糾紛中，這些分歧的重要性實不足以成為寫作素材。這像是雙親執意要在牆上掛一幅祖母和杜賓犬的畫像，而孩子們則想放朋友畫的抽象畫，這樣的描述還不足以傳達出世代間的悲劇性衝突，畢竟每個家庭總有些狀況，如果分歧只涉及文化和藝術觀點上的差異，那還算是好的。再說，我們也無法斷定祖母之畫是否為媚俗之作，而抽象畫是否為藝術。既然我們結識了，歡迎寄來其他的作品。

✍

·致卡托維茲的 W. W. M.

對新進作家來說，您展現出無比的剛毅精神，寄來的作品只有四首極短的詩，閱讀時間不過一分鐘，然而卻是有意思的一分鐘。請寄來更多其他作品，讓我們可以明確審視您未來的可能性。

·致盆地的 A. K.

無標題的詩是最好的，其中部分片段已具詩的
成熟度。每首詩最重要的是，要感受到那些字
句彷彿亙古以來就等待著，等待彼此的相遇，
交融成無法分開的一體。請再寄來其他作品，
有空到克拉科夫時，也不妨拜訪我們編輯部和
瓦維爾城堡。

·致華沙的 Paw. Łuk.

您 渴 望 成 為 二 十 世 紀 的 維 永（François Villon），太棒了！您為「充滿真實感受的積極人生」所迷。「詩人，」您如此寫道，「不應該有任何焗限。」所言極是！不過您應該寫「局限」才是。此外，也請正視維永生平中的一個細微處，您似乎完全忽略這點，即該偉大詩人曾獲法國索邦大學的藝術學位，在那個年代他可說是受過良好教育的年輕人，我們敢向您保證，這項事實對其詩歌創作絕對有重大意涵。

✍

·致什切青的 M. A. K.

這裡只有故事草圖，正如您所說：「我盡可能以謹慎和克制的態度敘述事件，如同外部觀察者所能看到的那樣，你們還想怎麼樣？」也許我們希望您是更能追根究底的觀察者，將心理衝突的主角設定為盲人是不夠的，因為盲並非性格。他的女友呢？我們對其知之甚少，以致

無法記住這是特定角色。往後寫故事時應留意：作者應該像個偵探般探索筆下的虛構人物，在門外竊聽，在他們獨處時偷看，打開其信件，並猜想他們緘默不語的原因。在此致上問候！

· 致羅茲的卡利

我們擁護古老規則，即作家應該比他們筆下的人物更了解他們自己，不然至少程度必須是一樣的，絕不能更少。如何解釋馬雷克莫名放棄工廠工作的決定？此事在故事中沒有提出任何理由，然而它卻是該角色生活中的重要轉折，決定他往後的命運。每個行為背後皆由無數個原因所促成，寫作者的雄心應該在於掘出這些原因，並依其重要性做出排序，且要嘗試挖掘出迄今尚未被注意到的原因。「為什麼」一詞是最重要的地球語言，可能也是其他星球上最重要的語彙，作家必須知其意涵並善加利用。作為新開始，請您嘗試更進一步去了解自己的

角色馬雷克吧！

✍

· 致格但斯克的齊克弗理德 Miel.

您文中帶有一些想像、一些嘲弄、一些虛無感（非常具時代感！），然而每個故事至少都需要再改寫個五次。在此順便提醒，契訶夫（Chekhov）自己的作品改寫過七次，而托瑪斯·曼則曾五度修改其作（與此同時，打字機問世了）。

✍

· 致華沙附近皮亞斯圖夫的 B. D.

新進作家的原罪在於相信題材的全能，似乎認為只要想出主題，作品的核心就完成了，其餘的微小細節，也就是敘述本身，只不過是不重要的小事。再說，以愛作為主題，本身就具吸引力：年輕女子愛上已婚男

性，將《明鏡》（*Zwierciadło*）或《閨蜜》
（*Przyjaciółka*）雜誌給過的建議拋到一旁。
不過，事實情況完全不同，主題來得最容易，
它本身卻不具任何文學價值，若能將其置於
某種心理和道德現實中，並以作者自身的觀
察和經驗加以記錄，才能有所成就。您的故
事過於隨意和簡略，某個小城中的某個女孩、
某個男人，女人懷抱著「各種相互矛盾的情
感」，而男子「以吻封住她雙唇……」可以
這麼寫，但不一定非得這麼寫啊！

✎

・致盧布林的 P-l

我們不僅不懷疑一見鍾情式的愛情，甚至傾
向將此種情感視為純粹的自然現象。您所描
寫的場景在生活中肯定發生過，並非絕無僅
有，也並非只在那片沙灘上出現。然而，如
此快速陷入兩情相悅一事，無法引起我們的
關注，這是第一點。其二，作者應該在此場

景中融入一點自身的智慧，而非直接告訴讀者這一切有多重要，甚或是多麼不重要。如此一來就不會有第三點了。

✍

‧致格涅茲諾的貝爾卡

自信之於寫作非常重要，然而自信分兩種，視其不同而有差別。第一種源於閱讀不足而缺乏比較，寫作者可能會認為這首由其所寫、描述春日明媚陽光的詩是傑作，然而很快就會被其他詩作所取代。第二類自信可能無法產生即刻的炫目效果，卻能保證更具成效，它需要的是對古今文學的了解，思索所寫文字是否前人皆已說過、是否為充分完整的表達，倘若並非如此，或許你的機會就來了？第二類的自信就此產生，這種靈感下產生的文章才有討論空間！在此致上問候。

✍

·致拉多姆的普什卡

就連無聊這樣的主題也得用熱烈的情感來敘述，這是任何主義都無法反駁的文學鐵律。您應該開始寫日記，也順道在此鼓勵所有未來作家實踐，屆時您將發現看來平淡無奇的一天有多少事發生。如果結果是您看不到有任何值得記錄的事，沒有任何觀察、反思或印象產生，那結論就只有一個：您不夠格成為作家。歡迎嘗試！

✍

·致札科帕內的鬃毛

帶鬃毛的年輕人，對舊詩需要有所研究啊！至少可以避免不必要的麻煩，像是當你有天寫出《鬼王》（*Król-Duch*）[10] 這樣的作品，後來才發現已經有人寫過了。

·致盧布林省海烏姆的艾伍斯

又來了！這週已出現兩人授權編輯部任意修改其作，這樣隨意的新進作家對文學沒有任何益處。真好奇波蘭奧委會是否曾收過這種內容的信件：「我想贏得世界冠軍，在此授權你們為我受訓……」

·致克拉科夫的 T. W.

學校沒有足夠的時間教授文學作品的美學分析，真是可惜。一般而言，就談論主題討論並強調其與歷史重要時刻之間的關聯，此類知識無疑非常重要。然而，這對想成為獨立

---

10 譯註：波蘭詩人尤利烏什·斯沃瓦茨基（Juliusz Słowacki）的作品。

的閱讀者來說並不足夠，更別提那些有創作抱負的人了。我們的通訊對象經常因其那些敘述重建華沙或越南悲劇的詩不夠好而感到憤慨，他們認為善意即可形塑一切。然而要成為好鞋匠，光對腳底板有熱誠是不夠的，還必須熟悉皮革、工具並選擇合適樣式，藝術創作也具類似的門檻。

✍

・致拉多姆斯科的伊登

天賦不局限於靈感，有時靈感會降臨在每個人身上，然而只有具天賦者才有能耐長時間面對紙筆，完善來自心靈的聽寫之作。不想這麼做的人，顯然不適合成為詩人，因此產生奇特現象，即因靈感而成就的詩多如繁星，真正的詩人卻不多，過去如此，現在亦然，現在如此，未來亦然……

·致奧爾什丁的奧爾基爾德

儘管您已二十三歲，但還是很孩子氣。您認為詩作首度發表就像在歌唱上可以立即取得的成功那樣，一登場就轟動，群眾將為之瘋狂並爭相索取簽名、照片見報、媒體採訪……。該知道，至今還無人能取得這樣的成功，讀者不像演唱會的參與者那樣容易被情緒感染，總而言之，文學在今日是屬於較不容易情感激動的領域，但其情感必是較為持久的。您已預見朗讀詩歌中的自己為一群狂熱者所擁抱，然而是什麼樣的詩？總得先寫出來。費盡千辛萬苦，一再修改，丟入垃圾桶，然後又重新開始……。對文學懷抱想法者應該先想像這樣的自己：在面對稿紙的空房間中，孤獨的散步中，閱讀他人的作品中（因為並非只有自己的作品才值得閱讀），最後則是想像自己在並不引人注目之處與他人談話。您所寄來的詩中有兩首相對易懂，其他的只能說是乏味的混亂之作了。

· 致華沙的 M. J.

故事的結構非常脆弱，您認為「偉大的愛情」
這個詞語就足以打動讀者，接受主角的經歷，
然而應該要能向其證明，它為何是偉大的愛
情，為什麼值得他人關注。從內文可看出情感
基礎不深，結構簡略。當然，這樣的故事也最
常在生活中發生，然而如果文學成為統計學的
一部分，很快就會枯竭而亡。

· 致什切青的 K4

短篇小說和故事中一再出現的類似人物描寫令
人感到厭倦，其精神生活之悲慘，讓我們開始
懷疑這樣的人是否存在，甚至在洞穴文明時期
都不可能存在吧？您渴望成為作家，而且是受
人矚目的優秀作家，讓我們直白地說吧！談話
中連句睿智的話都說不出，過著漫不經心且機

械式的生活，這般人物無法引領您走向帕那索斯山（Mount Parnassus）[11]。有雄心的作家會盡心塑造角色，使其更具合理性。您必須創造一個至少與自己相似的角色（我們並非懷疑那個高個約瑟是您的代言人），且這個角色必須是能更清楚理解故事經歷的人，若沒有這種雄心，您將永遠無法超越平庸的意象。

✍

·致克拉科夫附近的 D. D.

電視劇本的寫法與戲劇藝術相似，但情況的變化可比劇場舞臺更頻繁發生。不需要知道技術性的那一套（像是什麼時候給特寫，才能連凱撒的尼龍牙橋都看得見；或者什麼時

11　編註：希臘神話中的靈感之源，繆思的家鄉。

候給遠景，以致難以分辨穿著長袍晃蕩的人到底是誰），這些是導演的事，但要掌握住概念範疇。在此問候！

✍

· 致 J. J.

故事發生在麵包店裡，連器具和烘焙標準都一起真實呈現。文中帶有報告性質的字面敘述，讓我們因而得知麵包店裡發生了何種衝突，所以它是篇新聞報導，以「故事」作為副標會有誤導性，置讀者於相異氛圍中。

✍

· 致盧布林省海烏姆的 Pero Z.

文學作品對以人類語言發聲的動物要求很多，不僅要言之有物，這些可憐的東西還得幽默、邏輯性和洞察力並具。簡而言之，對它們的要求比人類角色更多，而人類卻總能被允許在得

來不易的打字紙上胡扯。我們還讀到一篇故事，內容是關於幾個人在「大熊酒吧」中聊天的事，觀點莫名。還是請寫一些關於清醒者的事吧！或許要難些，但我們保證會讀完，以資獎勵。

✍

·致克洛希千科的瑪耶

為什麼諷刺短詩幾乎成了男性的專有領域？實在難知究竟，不過也沒什麼傲人之處，這些發表的短詩往往水準都很低下，您知道為什麼嗎？因為創作者每寫兩首就有一首這類詩，實際上應該要是每十首才一首才對。如果您也如法炮製，絕對能青出於藍。

✍

·致耶萊尼亞古拉的寶琳娜

動物寓言故事已經有點過時了，無論如何，

要寫這一類故事必須創新，至少在描述動物行為上要有新意。您的故事又再度提到獅子、狼和羊，拜託想想那些被伊索遺漏的生物吧！即使是細菌都好！

·致普熱梅希爾的 L. W.

不，我們根本未被這種類故事、類道德散文所震驚，這種純粹的文學體裁在今日已不合時宜，所以不在我們守護範圍內。我們將所有事物視為受其內部規則支配的整體，且只依照其所具可能性運行。過多評論而幾無行動的內容並未讓我們憂心，您讚美大自然田園生活的同時，卻懷疑地球上的罪惡根源就存在於知識、對世界的好奇和對命運改善的想望中，該評論的幼稚才讓人感到悲哀。在此祝您對大自然的生活能有更深一層的認識，也希望您的字跡能更為明晰可辨。

·致格丁尼亞的 M. G.

諷刺諧擬是非常微妙的文學遊戲，若要成功絕
對少不了詩意、風格魅力和智慧。該文體之所
以存在，目的絕非使人感到不快，畢竟要達到
此效果，只要看著肉品店店員用切過香腸的手
來收銀即可。在此條件下，書面文字應該要能
為讀者帶來舒心和慰藉。

·致凱爾采的沃伊切赫 Z.

目前來說，您對所有能想到的主題，皆能以年
輕的自在和輕鬆下筆，詞句就如同春天的融雪
般一瀉千里。然而，有時就算咬著筆，絕望地
望向窗外也是好的。

·致華沙的馬雷克

我們有這樣的原則，所有描述春天的詩將自動取消資格。該主題在今日的詩作中已不復存在，現實生活中春天當然仍在，然而已是兩回事了。

✍

·致博赫尼亞的 B-w

「憤怒中的他讓她想起喘著氣的老火車頭……」其實不可能有這樣的聯想，因為當時還沒有火車。此外，文中引用的十四行詩據說出自十七世紀，然而就當時的品味而言，押韻太糟糕。當時雖然還未出現編輯，但對作品的要求仍然存在。日後請再將新作品寄來，無論如何，第一次的嘗試之作還是有些膽識和魅力的。

✍

·致日維茨的 J. G.

當您還是小女孩時（這也並非那麼久以前），是否喜歡那些描述有禮貌的模範小孩的詩？我們可不喜歡呢！當被要求背誦這些東西時，我們就低頭皺眉。我們更欣賞那些描述不那麼完美、甚至讓人難以忍受的孩童的童謠，雖然知道最後一節總有道德訓話，但那又如何？前面段落充滿著愉快冒險和歡鬧啊！現在的小孩品味改變了嗎？那將會是二十世紀的最大驚奇。

✍

·致綠山城的 J. G.

寫作者的注意力完全集中在西元三八〇六年時所進行的太空飛行，地球和其日常才得以平靜地繼續運行，未因作者的發明而有所改變。在那遙遠的未來還能吃到奶油冰淇淋、聽林間的鳥兒歌唱，並且耐心地等待遲來的郵差，這讓我們在閱讀時鬆了一口氣。沒有藥丸、自動販賣機、機器人、釘入頭部的螺釘，或是用來讀

取他人思想的彈簧等成年作者用來嚇唬我們的
類似可怖東西，真要謝謝你啊！亞策克！

✍

· 致索波特的托米斯塔

那位哲學家還不是那麼衰老的老人，他甚至未
活到五十歲，就算在中世紀也不算高齡。他的
生活也非您故事敘述中那樣甜蜜和諧，您為何
要引用這位人們知之甚微的人物？散文詩的優
勢在於可涉及無法驗證的事物，因此，我們誠
心接受「蘋果樹結出被性侵女孩乳房形狀的果
實」這種假設。

✍

· 致比托姆的 K. W. Sz.

今天的「文學通訊」專欄碰上悲慘的女性，這
篇短篇小說的標題就是〈女吸血鬼〉。該女性
的行為確實很糟糕，不只不愛自己的男人，還

想方設法讓他們無法寫出傑作，也無法完善其發明，可惜我們無法得知究竟是何種傑作和發明，這樣就可以更合理化我們的憤怒。

✍

· 致 G. O.

的確，尼祿（Nero）的性格可厭，縱情聲色且沉湎於藝術創作，然而吃薯條這事卻不能怪罪於他，儘管「frytki」（薯條）和「zbytki」（奢侈浪費）是如此貼切地押著韻。

✍

· 致卡托維茲的卡利

我們相信您作品中出現的女孩（包含寫作者在內）全取材自生活，然而這無濟於事，畢竟女孩的數量並不能等同作品水準。斯湯達爾先生（Stendhal）在此方面的經驗要更貧瘠，但或許正因如此，他用更多時間思索女性角色，明

確塑造其性格，並針對愛的本質提出一些至今仍讓人驚嘆的洞見，正該如此啊！

✍

· **致波任娜 W. W.**

文學作品中的愛情沒有偉大到可以脫離社會背景或世俗的一切，讓我們邀請崔斯坦和伊索德、卡列尼娜和渥倫斯基、卡斯托普和肖夏太太、唐吉軻德和達辛妮亞、羅密歐和茱麗葉等填寫調查問卷。「文學通訊」專欄的通訊者傾向將愛情視為一種「自體」現象，他們相信只要替男女主角取名並將其放在附床的房間裡，所有用來分析這種普遍情感的要素就齊備了，正是這樣的故事讓我們的耐心到了極限啊！

✍

· **致博赫尼亞的 Hi**

儘管橋牌手是吊死鬼的鬼魂這事在第七頁就被

揭露，我們卻還能自始至終保持冷靜。雖然我們曾讀過、也看過更好的（更不用說是聽過了），但這篇短篇小說被殘忍拒絕的原因，其實出在鬼魂和其他三位玩家根本就不了解橋牌規則，建議暫時以多米諾骨牌來取代紙牌吧！

🖋

· 致克拉科夫的 L. Ar.

據說列夫・托爾斯泰（Lev Nikolayevich Tolstoy）曾爬入衣櫃偷聽未成年女性親戚的談話，我們希望您也能有一點這樣的好奇心。您的故事描寫女生的宿舍生活，雖然情節流暢而相當引人入勝，但女孩間的談話卻很有拉斐特夫人（Madame de La Fayette）的風格。「我擔心，」其中一人言道，「馬切克無法理解我的感動。」「哦！是的，」另一名女孩回答，「他近來似乎心不在焉。」

· 致瓦烏布日赫的 W. S.

生者的世界裡什麼都有可能，那死者的世界呢？親愛的瓦德克，詩人如欲描寫後者，得具備充分知識且嚴謹以對。你寫道：「黑幽靈穿過田野，雙足因涉過荒地而受傷……」有可能嗎？幽靈是不可能傷到腳的！此一小細節眾所皆知，連百科全書都不會提起。

· 致凱爾采的帕提

瓦盧瓦的瑪格麗特（Marguerite de Valois）裙上所繫腰帶有多個口袋，裡面裝著風乾後的戀人們的心。當時的詩人對此不以為意，爭相以最細膩的讚美之詞為那尊貴的女士獻上詩歌。您詩中的繆思置於此背景下，顯得蒼白而正直，因為瑪格麗特以與人徹夜熱舞而聞名。結局如何呢？以低劣的社交水準和拼寫程度所成就的

詩，品味難以言喻，這一切多複雜啊！

✍

‧致萊昂和蒂莫西

小說對格拉任娜小姐和羅伯特先生在床上的敘述相當切合寫實主義的要求（小歸小，至少有啊）。白蘭地混合啤酒後帶來的宿醉，在閱讀過程中給人的印象是生理上經驗過的真理，描繪羅茲那些娛樂場所地景也無懈可擊，唯一不可知的是這些人物的錢從哪裡來。我們這樣問並不是想像他們那般生活，畢竟實在太無聊了，而且不得不進行愚蠢的對話，從小說中得出的印象就是如此。我們會這麼問是因為這在寫實散文中屬於重要訊息，這是巴爾札克（Honoré de Balzac）造成的困境，往後也仍會是如此，無法迴避。

✍

·致奧爾什丁的魯多米爾

從寄來的詩中可推斷出您戀愛了，有人說戀愛中人是詩人，這話似乎有點誇大了。我們祝福您生活如意！

✑

·致斯武普斯克的 L-k B-k

對於自比為伊卡洛斯（Icarus）的詩人，我們的要求要高於寄來的詩中所見。放在今日，伊卡洛斯升空時所見的景觀將不同於古時，看到的會是汽車和卡車飛馳的高速公路、有跑道的機場、大城市、發達的港口等類似的現實情況，或許有時也會有噴射機從他耳邊呼嘯而過？

✑

·致克拉科夫的 Ł. W.

我們為情詩評分，卻不就愛情問題提供建議，私底下當然可以，然而在此專欄中，我們必須

專注在詩上，它雖蓬勃發展，然而卻生根於不合時宜的情感土壤與不安的心理氛圍之中。總而言之，想要讀好詩，我們必須在一次次失望中堅持不懈。真正的天才知道怎麼做。致上熱切問候！

✑

・致科沙林的 M. S.

「我因編造的故事而遭受批評，他們說我應該只寫我生活中發生的事情，是這樣嗎？」非也。按照這種教條式想法，世界上有四分之三的文學作品都該受到譴責。沒有一位作家會在作品中單單援引自己的生活情節，而是盡其所能取材他人，並混合自身經歷，或者就純粹虛構。對真正的藝術家而言，虛構等同於對現實的清晰想像，而清晰的自我想像就如同親身體驗一樣。由此，福樓拜（Gustave Flaubert）可以宣稱他是艾瑪・包法利。然而，倘若他遇到像這樣否認寫作者虛構題材權力的勸說者，他就不

得不放棄這部小說，只能夢想某位包法利夫人能自己寫出這故事，而它無疑將成為三流作家的偉大之作。理論就到此為止，如果您寄來信中提及的小說，我們不會詢問內容是否與您生活經歷相符，畢竟這裡不是調查局，我們不過是文學評論家罷了。

✍

·致華沙的 Hen. Zet.

您故事中的女性有著不同的名字，但除此之外她們一模一樣，這種不可分辨性實在無聊至極。天啊！波蘭多的是漂亮、勇敢、聰慧、風趣且談吐迷人的女性，即使是悍婦也顯現出高水準，放眼世界也能脫穎而出。然而她們的運氣實在很糟，無法走進我們的年輕文壇，文中占上風的往往是那些精神貧瘠、內在被忽視的個體，根本缺乏個性特徵。那個不得不和她們交談、寫下內容並寄到編輯部的男孩讓人感到悲傷。您有才華，但無桃花運啊！

✍

· 致波茲南的 El. M. T.

以〈詩人〉為題的五頁詩作雖不具文學價值，然而它卻是延續那種將詩人視為繆思戀人的傳奇想法的有趣例證。「他踩在玫瑰上，為世間財富所環抱。」愛拉女士，您在哪裡看到這樣的景象呢？請向我們透露這位半神半人的姓名和地址，讓我們詢問他：是哪家出版社以純金支付詩作的稿費？是誰不停地向他擲花？要如何才能一直做甜蜜的美夢？儘管我們所認識的詩人們也做著各種夢，但他們同時也會牙疼、出現財務問題，還有著生活不太幸福的傾向。是的，有些人雖享有這或那的好處，但也並非一直能如此。

✍

· 致克拉科夫的皮歐特 G.

對女性的愛慕不值得詩人浪費身上所累積的能

量，因此決定只熱愛祖國。與某位葛拉任娜相比，克拉科夫要美麗得多。詩人的夜校同學們任意揮霍自身的熱情，麥田沙沙作響、煙囪冒出裊裊輕煙的祖國卻苦等著。詩人未跟隨同伴腳步，而是將自身心意以長詩傳達，獻給誰呢？除了靦腆的葛拉任娜，不會是別人……。
願你們在克拉科夫和鄰近地區散步愉快！

✍

·致盧布林的海倫娜 B.

關於您問到「當前哪一位詩人公認最俊美？」，我們的回答自始至終都是奧維德（Pūblius Ovidius Nāsō，英語稱 Ovid）。

·致波茲南的 Al. M.

「對那些始終認為斯沃瓦茨基的詩最美，而當代詩不值得一讀的朋友們要說些什麼？」可能這些人對詩歌根本不感興趣，否則不會將兩者混為一談。不過，還是有方法可以應付的，不妨在這些人家中辦場辯論會，在他們再次搬出這位吟遊詩人來攻擊我們論點時，拍手叫道：「沒錯，我早忘了，讓我看看斯沃瓦茨基的作品，查查一首詩的結尾！」將這方法用個三次，三次結果都會是他們家中根本沒有那所謂的心愛詩集，此時我們就可以帶著和善微笑離去，留下一臉困惑的主人。

✍

·致華沙 32 的 J. W.

您寫作通順，但很表面，既不替自己設定困難的任務，也不指望在心理洞察或生活經驗層面超越讀者，故事中的搭便車場景即是一個例證。我們以祖先之靈發誓，從未參與過此類短

程旅行，所以在與此經歷相關的訊息和觀察方面，我們是全然未知的接收者，無從得知自身無法想出的事物。森林是森林，營火是營火，路是路，不知其名的鳥類……，您肯定會繼續寫下去，甚至也許不久後，某篇敘事正確的文章還會見報，所以該是提高標準的時候了。

✍

· 致奧爾什丁的 R. S.

您試圖以十多節押韻詩概述波蘭歷史，實為徒勞無功之作。密茨凱維奇曾高聲疾呼：「量力而為！」首先，他不只才華洋溢，也能夠身體力行，然而他卻無法預見這將為我們「文學通訊」帶來怎樣的麻煩。熱切建議您擴大自身的閱讀範圍，它目前看來似乎不太寬廣。您認為一臺打字機可以實現您諸多的承諾（「一切會順利得多」），其實這並非迫切的需求，直接在打字機上寫詩的想望讓我們感到憂心啊！

✍

·致羅茲的 O. H.

正如我們在註釋中所讀到，該劇發生於現代，
然而我們卻不為表象所欺瞞，馬特烏什先生
是從文學之海中取材的老單身漢典型，而若夏
這悲慘女性的身世則顯然是偽造的，其災難性
活動的巔峰時期正好是加芙列拉·扎波爾斯卡
（Gabriela Zapolska）戲劇創作成果豐碩的前幾
年。誠然，劇中不時有人提到「小屋」和「精
彩」等字眼，甚至在戲劇進入高潮時，一句不
祥的預言自若夏嘴裡脫口而出：「一切都是胡
扯！」然而我們根本不相信，不相信故事的真
實性，也不相信角色的心理真實，該戲劇是受
閱讀影響所寫出，並非如您所設想而成為當代
生活的映照，請諒解我們的誠實。

✍

· 致格丁尼亞的 LO-FM

每個作品都附上日期和寫作時間（精確至半秒鐘），如果這些資料為真，我們也沒有不相信的理由，如此一來，您可說是詩界的扎托佩克（Emil Zátopek，捷克斯伐洛克男子長跑運動員）。部分嘗試之作甚至可預見成為正式詩作的雛形（像是〈森林學校〉、〈奧特沃茨克〉、〈詼諧曲〉等），拜託您停一下匆忙的腳步，面對空白稿紙好好沉思吧！一小時也好，將有全新的非凡體驗等著您。

· 致布熱格的 Z. Ł.

波蘭拼音無法忠實呈現法語發音，只能給出大概。「La Rochefoucauld」唸作「Laroszfuko」，重音在最後一個音節，頭部得略微傾斜。「Montaigne」唸作「Mąteń」，重音在最後一個音節，單膝跪地。就此問候！

⚄

· 致比托姆的尼科德姆 R.

如果您真的名叫尼科德姆（Nikodem），下週
即是命名日 [12]，在此先致上最誠摯的祝福。您
可以為受邀客人朗讀〈單身打油詩〉，與此
同時，女士們會在廚房忙著準備三明治。或
許我們很老派，不過還是堅持認為女性不必
什麼都聽。

⚄

· 致盧比翁斯的 Z. B.

第一個故事：男人在脫穀機上工作時，如此專
注地望著心愛的女孩（腦海中已將其衣裳脫

12　編註：東正教、天主教使用曆法會標註出特定聖人殉道或出
　　生之日，以表紀念。與聖人同名之人，會在該聖人對應的命
　　名日和家人朋友一同慶祝。

光），以致讓機器碾碎了手。第二個故事：女子心愛的木娃娃被偷，陷入瘋狂而淹死在河裡，只因她像照顧自己孩子般照顧著木娃娃。故事都很簡短，兩則都未超過一頁。我們可以即刻提供其他類似構思：女孩開瓦斯自殺，因為她看上的男孩不想結婚；將一袋糖果遞給即將前往童軍營的孫子時，老婦被火車撞倒；郵差跌下樓，因為……。我們尊重並讚賞這種將報上的社會新聞作為創作靈感泉源的寫作方式，許多優秀文學作品即由此產生，然而我們想提出不同的建議：請試著寫一些關於您自己生活和親身經歷的事吧！

✍

·致什切青的 Gen. F.

關於特瓦爾多夫斯基爵士（Pan Twardowski）的童話故事，似乎已有許多為兒童製作的劇場作品，在這樣的前提下，您的版本如何，我們不好說，經驗豐富的劇場（尤其是木偶劇場）

擁有最終定奪的權力。詩不錯,然而太短了,技巧運用得多,這很不錯。我們只有一個意見,即關於您文中不時提到的道德,並非所有情況都適用,像是主角本人就沒做到,他根本未遵守協議,非常糟糕,反而是魔鬼完成了承諾的一切,這才像話。實在難以想像,為了特瓦爾多夫斯基這無賴,地獄上司會用什麼樣的藉口來騷擾魔鬼,而特瓦爾多夫斯基卻能因首度以軟著陸方式登上月球而聞名。可惜,此處說得上道德的只有魔鬼,不過這部分已屬成人版範圍,或者只適合提出不宜問題的兒童了。

✍

‧ 致諾泰奇河畔歐榭克村的 St. R.

您寫作的方式是營造生活意象,讀來愉悅,卻有點老舊,內容沒有我們從其他郵寄作品中經常讀到的矯揉氣息,然而卻也沒有任何深入主題的嘗試。事件一、二的描述清新有趣,人物卻只勾劃出輪廓,以符合行動上的需要,功能

性的對話讀來並不吸引人，一切正確合宜，沒有多餘之處。您請我們指出寫哪一類散文能獲得最高成就，我們編輯部目前未設有先知這樣的職位，所以我們試著像一般人那樣回答問題，誤判機率可能不低：建議您嘗試為青少年寫作，或許可以以情節生動的冒險故事作為開始？故事中的養蜂人和獵人的世界是您所知悉的，正好可以作為故事中某個精彩事件的發生背景，畢竟世上仍存在對大自然感興趣的青少年，不是只有科技和大熊星座的探險能吸引他們。

✍

・致斯武普斯克的梅林

波蘭人酒喝得多而蠢，然而是否蠢到每兩部小說中就有一部以酒精中毒者作為主角？您具敘事上的天賦，對白、情境、喚起絕對惹人厭惡的情緒等，這一切您皆駕輕就熟。然而，我們已經讀過太多類似的故事了，它們有著一樣的

場景、道具和人物。是時候給我們驚喜了，大膽推薦您寫這樣的角色：在小說中不嗜酒，從事某種類型的工作，也在工作上發生些有意思的事，務必要是新事物啊！

✍

·致弗熱希尼亞的 E. F.

當人們討論當今年輕人缺乏情感時，我們暗自微笑，我們的辦公桌上就放著高高一疊的愛情告白之作，表達方式雖有高下之分，然而卻真誠、炙熱且生死攸關。誰能知道，夜裡編輯部漆黑且空無一人時，沒有絕望的嘆息、啜泣、低吟聲從那些紙張的囚禁中短暫被釋放出來？倘若真有其事，您的故事就屬於其中聲響最大者。兩則故事都在處理因苦戀而導致的死亡，這主題我們不敢質疑，然而卻有個意見：即角色的命運愈悲慘，作者就愈需要培養心理洞察力。為什麼〈失落的歲月〉中，這位不幸的記者從未嘗試與所愛之人見面？這始終是個謎，

有點不合常理，值得更進一步分析。我們對第二則故事保持沉默，就我們專欄來說，內容過於天真了。要繼續寫作嗎？我們確信再嚴格的禁令也無法阻攔像您這種具想像力的作者，那就寫吧！

✍

・致克拉科夫的梅里

如果您對知名靈魂的命運能有一絲憐憫，對降神會的描述就能更深入些。蘇格拉底（Socrates）從另一個世界被召喚而來，只為讓若夏女士知道萊科尼遊戲（Lajkonik）中哪些數字會贏，這引發人們的同情和深刻反思：如果連活人都無法維持應有的尊重，那成為蘇格拉底究竟是否值得？還好鬼魂並不存在，否則超自然禮儀的宣導將成為迫切需求。

·致格但斯克的里奧 W.

我們欣賞打破常規的小說，尤其是哲學性的題材，如果是由「天賦異稟的科學家」構想的會更好，如同您稱呼筆下主角那般。可惜的是，這些創意的比重甚微，而該科學家的腦子更是一片混亂，在此我們只針對可用簡短句子概括的內容提出修改建議：一、林奈（Carl Linnaeus）並非羅馬人，而是瑞典人。二、伊比鳩魯學說（Epicureanism）與一般意義上的享樂主義無關，不管別人如何，有抱負的知識分子出生前就應該知道這一點。三、托勒密（Ptolemy）並非白癡，而是犯了錯誤的智者。這裡還只是這篇小說的開頭，後面肯定會出現更多爭議之處，為以防萬一，我們在此善意提醒，笛卡兒（Descartes）的哲學和世界觀並無特殊分歧。

·致盧布林的波任娜 F.

看得出來亞當·亞斯尼克（Adam Asnyk，波蘭詩人）在您眼中是天空的第一顆明星，雖然我們看法有所不同，但這不是目前最重要的事。讓我們訝異的是您的詩作本身，如果不是在標題中明確稱呼，它可以被視為出自任何一位詩人受囚禁時期的記憶。請再次冷靜地看一遍作品，如果您想向心愛的詩人致敬，應該強調其創作的特性，及其明顯有別於其他創作者之處，以此方式來為自己的選擇做出證明，因為贏得我們喜愛的往往是與他人相異之處，而非相似之處。另一個問題是，在這種場合模仿敬重詩人的風格所產生的結果會很糟。以自身時代的語言敘述，且不借用他人的方法，會顯得更具雄心，不知是誰說過的：「應該與活人一起向前邁進。」

·致米豪 B.

這篇故事讀來令人不耐，因為風格本身就有問題，然而結局卻出人意料，證明了您在心理上的敏感性。如果要繼續嘗試寫作，在使用華麗、誇張的詞彙時不妨像藥劑師配藥般斤斤計較，或者最好完全不用，直接放棄。一段時間後，可以再回過頭斟酌使用，而像「絕對滿足感」和「成癮的地獄」這些詞則絕不要再用，不合時宜啊！

·致華沙的博勒斯瓦夫 L-k

那些存在的痛苦來得太隨意了，絕望和沉鬱的深淵也似乎太過。「心靈深處應該發出微笑。」親愛的托瑪斯先生（指的是托瑪斯·曼，不然還會有誰？）如此寫道。閱讀著〈海洋〉時，我們正在淺塘中划著小船。您不妨將生活想成

是一場發生在您身上的非凡冒險，這是我們目前唯一的建議。

***

· 致〈鋼琴家的世界〉的作者

我們建議您只閱讀幽默的偉大作家作品，至少在這幾個月內試試看，它不會浪費您的時間。眾人皆知，沉浸在抒情的內在世界中，對想像力而言無比愉悅，也是某種形式的休憩，讓人知曉過度嚴肅的滑稽性。經此療程後，您將以不同眼光看待自己的詩，發現〈鋼琴家的世界〉中的情緒高度緊張，而「生活以對比之舌舔舐我們」這樣的隱喻將無法再次喚起作者心中的自豪感。致上問候！

***

· 致奧特沃茨克 71

男孩向女孩宣布必須與她分手。「因為，」他

說道，「核武器帶來的毀滅威脅著我們，我對一切失去了信心，任何事物對我都不再有價值，我就是這樣了，沒辦法，再見吧！」他離開了，但絕非去了沙漠，而是到更喜歡的女孩那裡去。被拋棄的女孩哭泣，然而不是為自己，而是為那如此敏感的時代之子。好吧！她可以哭，但作者您就不適合這麼做了。難道您未發現茲畢什克很狡猾？悲哀論調和分手真正原因之間的不相稱不讓您感覺可笑？一遇到麻煩情況就引用的「時代精神」呢？作者必須比其筆下角色要成熟一點，也必須比他們更了解他們。懷抱此銘刻在靈魂中的珍貴座右銘，您可以坐下來寫新故事了，就連諾貝爾獎得主在剛起步時也曾被拒絕過啊！

✍

· **致弗羅茨瓦夫的 P. W.**

「我寫我自己，因為我只了解自己。我對對面的男子一無所知，他在與某女性出軌後，正好

在昨天回到太太和三個孩子身邊。我二十歲，
單身，等待著米爾卡，米爾卡是個瘋狂的女
孩。」充滿希望的開頭，我們想像接下來敘述
者會繼續將自己與鄰居的情況進行比較，或者
會嘗試以兩種角度進行冒險體驗：自己和他人。
然而情況並非如此，鄰人就此從視線中消失
了，我們開始加入不太相關的嬉鬧中，跟……
波任娜？葛拉任娜？瑪莉歐拉？什麼名字來
著？啊！米爾卡（我們把那些瘋狂女孩與其他
兩千個幾乎一樣故事中的女孩弄混淆了）。「我
寫我自己，因為我只了解自己……」求您將這
方面的了解暫放一旁，先對旁人的事感興趣
吧！寫散文的天賦是一種能跳脫自身的能力，
它是在內心成為完全不同的人的能力，這個人
可以是合作社的主任、馬戲團的口技表演者、
懷孕的女人、被派去培訓的工人、鰥夫或者五
歲女孩等。

·致阿瑪巴

詩暫時還是收到抽屜裡吧。月亮曾像胸針般懸掛在那裡，女士們坐在旋轉木馬上，而詩也已編入花環。接收這些細節的記憶力是會干擾個人工作的。

✍

·致克拉科夫的匿名者

在我們單調的通訊中，這類讓人激動的事件鮮少發生。我們一口氣讀完作品，必須承認您在敘事上極為輕鬆自然，風格明晰且敘述生動，雖然目前還流於表面，然而我們已打算鼓勵您將之寫成冒險故事，孩童們對此殷殷期盼。您的主要目的在故事高潮處才突然顯現，原來是要將自己的新心理學理論應用在散文中。短篇故事的主角哥倫布在航行數週後開始懷疑能否到岸，甚至決定從選定的路線折返，此時突然有來自天上的虛幻人物出現，告訴他：「繼續航行。」聽見此語，哥倫布繼續走，終抵彼岸。

可憐的心理學家們終其一生都在分析人類行為，但一切在您的故事中卻要簡單得多，取決於陰間的干預程度。親愛的匿名者先生，千萬別因我們開玩笑地評論您嚴肅寫就的故事而生氣，事實是剛好有那麼個鬼魂現身，告訴我們這樣做對您最好啊！

· 致米亞斯特科的 M. K.
不了解原作，所以我們無法評論譯文，而您自己創作的詩則乏善可陳，形式看來是現代，然而卻充斥青年波蘭運動時期的善感氣氛。「在琴鍵上／沉睡自我的悲傷／彈奏新曲……」早就沒人這樣寫了，因為感知已然改變，舊時代的一切將遭受新時代的嚴格檢驗，即使是過去眾人公認的思想也將如此，而您用舊方法寫出的也不會是好詩。文學之海無垠，心理承受度低的人很容易迷失其中，謝謝您令人愉悅的來信！

· 致弗羅茨瓦夫的 J. St.

我們無法接受以〈毛蟲〉為題的小說所籠罩的神祕、莫名恐怖氣氛，因為這種恐怖感借自卡夫卡（Franz Kafka）。借來的東西經常遭受如此對待，沒有被正確使用，唯一值得慶幸的是，主人不會要求歸還。

·致比亞韋斯托克的 Rob. W.

不，不，不，沒人「為自己」而寫，為什麼您會有這樣的困惑？從一開始在牆上用粉筆宣布「約瑟夫是笨蛋 [13]」，並以約瑟夫和其弟兄作為結尾，都是出於將自己想法強加給別人的想望，而我們頂多只會「為自己」在筆記本寫下地址，如果我們的心智足夠強健，還可以記下所欠的債務呢！

·致波茲南的 Z. H.

口語發展問題並非無足輕重的話題，有人能就此事用四張公文紙寫成信函，我們感到開心。我們也擔心行政用語的入侵，造成所有人逐漸在日常中使用這些詞語，甚至是用在完全不適

13　譯註：投稿者此處寫了錯別字。

合的情況。這種語言貧瘠，無人稱之分，其用途並非用來準確表達，相反地，它是在逃避任何準確性。我們反倒不是那麼擔心外來語，所有文明語言皆出現很多外來語，卻也保有自身的語言。譬如說這樣一句話：「magazynier z personalną jedli w kajaku czekoladę」[14]，其中第一個名詞出自阿拉伯語，第二個是伊特拉斯坎語（Etruscan），第三是愛斯基摩語，第四則是阿茲特克語（Aztec），這樣的事情有時會在普皮（Pupach）度假時發生，豈不是件感人的事？

· 致 Ł. K. 博士

孩童時期，我們就不喜歡那些寫雪人和用來驅趕麻雀的稻草人的詩，也對鍋蓋究竟對鍋子說了什麼，而鍋子又回答了什麼毫無興趣。我們不好奇勺子要和誰跳舞，甲蟲用什麼樂器為她伴奏，更不用說我們是以鄙視的冷漠態度看待走過青草地的春之公主了。奇特人物（以小

矮人和巨人為首）的冒險才能讓我們開心，
這些故事可以真正讓人感到害怕，或是真心
大笑。目前為止，這樣的偏好並未改變，實
在抱歉了！

✍

·致波茲南的 K. O.

不，亞歷山大·普希金（A. S. Pushkin）肯定不
是《伊戈爾遠征記》（*Slovo o půlku Igorevě*）的
作者，討論該史詩的研究者不可能做出這樣的
假設（至今如此）。俄國凱薩琳二世統治時期，
該詩篇在某間修道院中被收藏家穆辛·普希金
（Aleksei Musin-Pushkin）所發現，關於作者的
謠傳是因姓氏相同所產生。這位穆辛·普希金
（順道一提，他也不是捲毛亞歷山大的親戚）
曾為女皇製作手抄本，幸好如此，因為「原稿」

---

14 譯註：意指「倉庫管理員和人一起在小艇上吃巧克力」。

不久後為大火所燒毀。「原稿」一詞加上引號是因為據說那也是副本，內容充滿佚名抄寫者的扭曲詮釋和添寫。

✍

·致比托姆的 Fr. O.

您對祕書的描寫極盡諷刺，說她們梳妝打扮光鮮，指甲皆塗成紅色。依此推斷，如果她們穿上粗毛布衣服，頭髮糾纏在一塊又毫無光澤，想必就能專注於工作了。由此看來，您是薩爾馬提亞人（Sarmatians）[15]，其他地方不說，光是古老波蘭詩歌中就充斥對婦女臉頰上鉛白和胭脂的嘲弄，認為是種欺騙。連詩人[16]都促狹地取笑特里梅娜，然而若被逼問，他也會不得不承認該角色比起少女若夏要來得有魅力。放在現在，特里梅娜會是大企業的董事長祕書，不僅腦中有千千萬萬件事要處理，能力超群之外還始終面帶微笑，您心中哪還有上帝啊！就這樣了！

· 致蘇丹

「談論愛情的最佳作品／價值等同被丟棄的空罐頭！……」此處顯見搖滾舞世代的誇大，還好我們已經擺脫它了。然而，我們卻因此想起數十首談論愛情的詩，您絕對會懷疑它們與被丟棄的空罐頭是否有任何相似之處，像是很久以前有人寫道：「只因此為詩人最耀眼的榮耀／甚至告別也成為一尊雕像／這紙頁將在此永遠哭泣／她的眼淚就要停止」如何？隨著歲月流逝，這詩變得可厭了嗎？

15　譯註：古時東歐地區遊蕩於維斯瓦河（Wista）和伏爾加河（Volga）之間的民族。

16　譯註：此處指的是亞當‧密茨凱維奇及其著作《塔德伍施先生》（*Pan Tadeusz*）。

·致普熱梅希爾的 W. H-k

我們回覆得遲，因為來信數量超過我們專欄能提供的空間，然而趕在下一個婦女節前是沒問題的。沒錯，您嚴謹列出所有歐洲傑出的女性作家，從莎芙（Sappho）開始，赫梅內吉爾達·科丘賓斯卡（Hermenegilda Kociubińska）作為結尾。然而，世界上不只有歐洲，像日本就有許多優秀的女性詩人。十至十一世紀間至少出現三名偉大的散文作家，其中一位創作了第一部當代小說，至今仍被視為是日本古典文學傑作，這位身著和服的優秀女士叫紫式部，擅以銳利目光觀察宮廷貴族生活。她在沃齊米日·科通斯基（Włodzimierz Kotoński）編著的《日本文學選集》裡占據重要位置之一，或許有朝一日能在波蘭單獨出版。在此致以問候。

✍

·致凱爾采的馬切伊 JI.

作為「脫離生活的文人」永久所在地的咖啡館，

多年來始終是受歡迎的爭論性主題，這個主題已被過度使用，以致使它脫離了日常。奇怪的是，在那些脫離基本住房問題的熟識文人中，像出於惡意般，竟然無人到咖啡館閒坐，因為他們既無時間也無興致。然而，終究會出現必須與人小聚片刻的時候，要安排在哪呢？難不成是排隊買鯡魚的人群中？雖然喜愛神話，但我們愛的是希臘神話。

✍

・致萊格尼察的 Jak-nam

「你做吧」這句話的語氣的確比「請做」或「你想不想做」要來得更具命令性。我們同意您所說，我們太常聽到「讓誰」而非「請誰」這種字眼，儘管充斥貴族和資產階級傳統意味，然而它們也絕不用從辭典中消失，您太過了，畢竟「願強權的薩拉米娜女士 / 願如明亮曙光般可敬的海琳娜之弟兄 / 願風之王引領著你，注滿活力後 / 吹出善意的微風」。關於收音機和

電視中讓您惱火的「在我看來」這句話（因為只可以「在我看來」，對方肯定知道如此），事情其實比您想得更複雜，您必須提出使用不當的例子。當然，如果是工廠廠長告訴觀眾「在我看來，我們工廠生產機器」，意思再確定不過；然而如果是文學評論家說「在我看來，我們的作家寫得出更好的書」，那就真的只是在其看來了。致上問候！

＊

· 致拉斯基的 Br. K.

偉大詩人的身影越過所有詩歌門檻，沉浸在飄然酒精世界中，創作出非凡作品。我們可以大致猜測出您指的是誰，但重要的終究不是名字，而是認定酒精有助寫作、激發想像力、強化幽默感並在精神上帶給詩人許多有用技巧的錯覺。親愛的布洛涅克先生，您所提及的那位詩人，和其他我們認識的、甚或所有其他人中，沒有人是在伏特加直接作用下寫出傑作的，好

作品是在絕對清醒、腦中無任何歡愉雜音的狀態下寫就。「我想像力豐沛，但喝下伏特加後卻會頭痛。」維絲皮安斯基（Wyspiański，波蘭劇作家、畫家和詩人）曾如此說道。如果有人喝酒，也會是在第一首詩和第二首詩之間飲用，這是赤裸裸的現實。再說，如果酒精是偉大詩歌的共同創作因子，那我們國內每三人中就會有一位賀拉斯（Horace）。就這樣，我們又摧毀了一樁傳奇，但願您能從瓦礫中平安健康地走出去。

✎

·致卡托維茲的 W. K.

我不知道我們有沒有出版一本《說話教科書》，當中收集各種場合的說話範例，例如：開頭、結尾、開幕詞、問候、告別，以及就正式事件宣告結果，或像煙霧太大，詢問是否可以開窗等。關於說話，我們建議如此：簡要來說，只談知道的和認為重要的事，尤其要用腦和心發

言，而非看小抄。我們參加過多次葬禮，當中有幾句簡單且符合人性的話，像「永別了，親愛的友伴和朋友」之類，看著小抄讀，還不一定很流暢，這樣的習慣可能連死亡本身都能嚇跑。

✍

· 致科沙林的 W. 和 K.

受邀評判作者見面會要開燈還是點蠟燭好，我們的聲明是燈泡為佳。氣氛是氣氛，但蠟燭總顯得有點矯飾，而且讓人有種文明過度的印象，這在波蘭還不是很合理的現象。再說，如果作者不僅只談話，還要誦讀的話，視線很難對焦字行，更別提燭光從下方映照作者臉龐時，看起來會很像羅馬尼亞電影中階級敵人的面容。向兩位女士致以誠摯問候！

✍

· 致華沙的 Wald.

我們喜歡鬥志，卻不同意好鬥，為什麼女性雜誌不應該刊登對心靈的建議？既然信件不斷湧入，就表示人們有此需要，儘管並非都是安娜‧卡列尼娜那種層次的困境，但我們敢向您保證，與法國雜誌的心靈信使相較，可說是喜馬拉雅了。有一次我們拿到某期《Elle》雜誌，其中某位女士寫下自己的困惑：「聽說戰時男人會對妻子不忠，與偶遇的女性交往，而現在有這麼多關於戰爭的言論，一想到丈夫可能會對我不忠，我就不寒而慄。」看吧！這樣的擔憂並非微不足道的小事，致上美麗的問候！

✍

· 致新胡塔區的 L. O. 88

您對自己當前的「非詩意職業」感到不屑，甚至未具體說明為何不值得一提，對自身職業的不願提及，如今是相當普遍的現象。剛好我們辦公的這棟大樓多年來一直在全面翻修中，數

十名建築工在樓房裡來去，敲門時，如果被問「是誰？」，沒有人會提到自己的職業是泥水匠、木匠、鐵匠或爐子裝配工等，他們會回答：「弄管道的」、「弄天花板」或「弄爐子的」……實在很可惜，因為泥水匠這職業有著悠久傳統，而「弄天花板」則無，以後也不可能會有。最近這一波莫須有的窘迫感則來自郵差，現在送信的職業得叫「遞送員」了。如果有人能解釋得出「郵差」這名稱有什麼可恥之處，我們就能欣然接受新說法。

✐

・致瑪麗亞・多蘿塔

您責怪我們對小說改編的戲劇有意見，畢竟「莎士比亞也改編了各種作品！」——您在信中如此寫道。沒錯，但他將較差的作品改成優秀作品，而當今劇場則將優秀作品改差了，甚至連「莎士比亞」也被改編成舞臺劇了，如同一向敏銳的塔德烏什・魯熱維奇（Tadeusz

Różewicz，波蘭詩人、劇作家）留意到的那樣。
致上問候！

✍

· **致克拉科夫的 H. Z.**

我們跟您一樣對將女性姓氏「男性化」的愚蠢
感到無奈，您希望我們能大聲疾呼，會的，
我們連夜裡都想著有一天教科書上會寫著：
「密茨凱維奇愛上『Wereszczak』，普魯斯和
『Orzeszko』是實證主義者，而齊格孟·奧古
斯特在『Radziwiłł』過世後成為鰥夫。」女人
們，別放棄啊！要保留原先「Radziłłówna」、
「Wereszczakówna」、「Orzeszkowa」的稱呼，
現在這時代沒有人會因此指責妳是獨身還是丈
夫的附屬，而妳們的姓氏在波蘭語中聽來更優
美、也更女性化 [17]。「Wereszczak」這形式就

17　譯註：過去波蘭女性結婚後會冠夫姓，結尾加上「owa」，
　　而女兒則在父親姓氏的結尾加上「ówna」。

留給鏈球紀錄保持者吧！因為有意願者太少，
所以此處性別用字暫時未定。

✍

· 致華沙的 M-Ł

我們不為世界語（Esperanto）作品提供固定
欄目，只因它是非自然的語言，無環境差異，
既不用來思考，也非日常所用，所以我們不
相信用此語言書寫的作品有重要價值。我們
與您一樣夢想著人類能擁有共同語言，且希
望有朝一日它能在所有語言的和平演進下產
生（但願如此！）。然而，無論從歷史或日
常經驗角度來看，我們都不認為缺乏通用語
言是導致戰爭的原因。舉例來說，此刻 A 先
生在門口處打了 B 先生的頭，而拉丁語卻是
他們的共同語言啊！

✍

· 致克拉科夫的 T.

「我計算出（我是一名統計學家）平均一千個單詞中，『praktyka』、『praktyczny』和其衍生詞的使用次數是六萬零八百七十四次，每張列印紙約用三百次，十張就是三千次。該字詞的法文寫法是『pratique』，所以上述字詞應讀作『pratyka』和『pratyczny』。以平均列印效率來說，每年可以省下八百四十八萬三千零一十個字符，乘以波蘭的列印數量並換算成波蘭茲羅提，可達每年一百二十五萬五千茲羅提。此處要強調的是，我以最低比率計算，對於那些將祖國利益放在心上的人來說是值得的。請注意這些相關因素。」我們終於知道為什麼法國人有艾菲爾鐵塔，而希臘人的「praksis」（建設）[18] 只剩廢墟了。

18　譯註：「praksis」為波蘭語「parktyka」的字源。

✍

·致茲蓋日的 B. K. L.

如果某個詞彙突然變得流行，因而排擠其他含義類似的詞彙，那並不是件好事。這不會使口語煥然一新，反而會使其變得貧乏，失去色彩和靈活性。例如，現今少有人說某物「無以計數」或「許多」、「眾多」，而是說「一連串」。同樣地，愈來愈少人說事情「發生」、「產生」，而使用「形成」。根據您內文顯示，波蘭語約有兩百個詞語，是世界上最不發達的語言，然而對某些人來說，這些詞彙已綽綽有餘，例如官方公告的作者，他們的克制愈來愈具感染性了。

✍

·致 Ka-ma

阿拉不再「有」貓，如今阿拉「擁有」貓。這個有點可悲的「擁有」一詞被廣為使用，不久

前還是用來形容大型且永久性的物產，現今則連電車票也可擁有……。這麼說來，什麼是可以單純有的？我們不擁有頭緒。

✍

·致格但斯克的 Br. Z-ki
典型的老處女是沒有嫁妝的人，注定要在父母身旁無所事事地老去，不適合就業並且自力更生。老處女的一生猶如地獄，每場嘉年華會都帶來新羞辱，每過一年，走入婚姻和做母親的希望就更渺茫些。老處女為人們所嘲笑，這是對人的不幸的嘲弄，屬於低劣的類別，您以〈克拉科夫時光〉為題的短篇小說帶入了老處女這樣的人物作為幽默元素，但我們一點也沒被逗笑。

✍

‧致科沙林的 L. I. P.

知名人士逝世後的隔天，紀念詩開始湧入編輯部，這樣的節奏一方面感人，顯現寫作者對亡者的情感態度，另一方面則讓人對作品的藝術重要性置疑。除了極其罕見的情況外，倉促下只能出現半成品，為何要搶快執筆？那已經事先準備好了的，通常是平庸、慣用和轉自第四手的悲愴。以陳腔濫調來表達真誠的動機只是白費力氣，它們通常是這樣的：「你走了，不在了，然而你的作品仍留存。」這類情況下，人們喜歡使用的技巧是直呼亡者之名，彷彿死亡是一種兄弟會。薩維里‧杜尼科夫斯基（Xawery Dunikowski）亡故後出現了相當多紀念他的詩作，這些作品都在表達他仍是偉大的雕塑家，然而他們卻將名字寫成「科薩維里」（Ksawery）。不如就把詩當作雕塑吧！花點工夫，讓思考能達到最終的獨特形態？

· 致克拉科夫的 Reg. L.

〈我們這一夥〉的教育價值很有問題，這「一夥」由八位友人組成，他們的好管閒事讓某個同學不勝其擾，只因他不願加入這個行動一致的團隊而顯得可疑。他更喜愛的是孤獨的散步、在林中閱讀，也總是選擇逃避所有校內外的玩樂活動。這夥人強迫他開心，向他展示集體嬉鬧（在他看來）的無限樂趣，後來祕密才終於揭開，原來男孩避開同學是因為心臟有問題。您以此方式向年輕讀者灌輸一種信念，只有嚴重疾病才能合理化這種獨自思索的傾向，如果男孩身體健康，這樣的行為就說不過去了嗎？這個故事教導人們不尊重他人的差異性，插足他人的生活，還提出可疑論點，認為尋求和平與寧靜是不正常的現象，必須強力抵制。可悲啊！

·致奧爾什丁的 Z. O.

自由詩在我們雜誌創刊前就發明了,至於其散
文化的問題,千百年來,詩歌就一直在散文化,
要從既定的詩性中解放出來,這過程又創造出
新規律和新想像習性,然後又從中再行解放,
一再循環。最終不禁讓人要問,作品屬性的歸
類真的是最重要的嗎?也許無論它是不是詩或
是散文都無所謂,都值得一讀?又或者,作品
表達出當代的某些東西本身就是有意思的事?

✍

·致克拉科夫的 I. G. P.

米開朗基羅(Michelangelo)非常感謝這十首為
他所寫、押韻巧妙的六行詩,然而他會要求將
來別再將他寫成不幸的藝術家,一生困苦而不
知生活之樂。他得出的結論是生活一點都不難
受,因為他能創造出許多流傳至今的作品,身
後什麼都未留下的才是真正不快樂的藝術家。

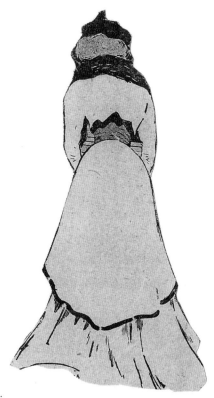

有，但並不展現出來……

Ma, ale nie pokaże...

·致芭希卡

「我男友說我太美了，寫不出好詩，你們覺得我隨信附上的詩作如何？」我們確信，妳的確是位漂亮的女孩。

·致盧布林海烏姆的托馬斯 K.

「我偶然寫了二十首詩，想要看見它們被刊登出來……」很不幸地，偉大的巴斯德（Pasteur）是對的，他曾說機會只給有準備的人，繆思卻與您相遇在心靈混亂時。

·致羅茲的 K. T.

「我熱愛一切美麗、高貴而崇高之物／我熱愛夜晚和花朵／我熱愛你歡愉的目光／我將其轉變成鮮紅色……」真想知道要怎麼做到，目的又是什麼。

✍

· 致什切青的 C. P.

「對於綠色的執迷，我就像情色電影中的情夫，渴望為精彩小說的內容奠定基礎，以紀念我那研究模控學的友人。」《黑色絕望》的章節以此語開展，該開場白也可取而代之作為評語。

✍

· 致盧布林的羅蘭

生活無意義的問題，難以在「walka-katafalka」這樣的韻腳中開展，針對此問題，打手語是再恰當不過了。

✍

· 致格但斯克的 E. C.

「我懷念生活，卻無法（不能）活下去。我懷

念啤酒，卻無法（不會）喝……」在我們看來，括號中的建議選項較不合適。

✍

· **致博赫尼亞的博雷克**
跳遠未讓您有資格進入四強決賽，但即使是運動員也應該知道否定支配屬格，更別說是詩人了。

✍

· **致馬祖里區的千**
「在真理驅使下，押韻並不難。」歐帕林斯基（Opaliński）在其諷刺詩中曾如此寫道。哎！他並非「文學通訊」的編輯，不然就會改變想法，在虛構的驅使下，更容易押韻。

✍

·致普沃茨克的 T. K.

故事或許可以沒有開頭和結尾，中間部分卻似乎是必要的。

✍

·致普茨克的艾兒薇拉

以〈愛撫〉為題的短篇小說，其優點在於未採用詩的形式，但以〈神職人員和女孩〉為題的詩就不能套用同樣說法了。

✍

·致弗羅茨瓦夫的 T. G.

「高聳瀑布的轟隆聲 ／ 我沉醉於黑暗的無限中／客店的綠桌旁／我飲著啤酒──差勁的釀製……」的確，我們的啤酒實在聲譽不佳。

✍

· 致赫諾菈塔 O.

「因孤獨而半瘋狂的唐吉軻德 —— 劊子手，即
使在奧菲莉亞的懷抱裡，你還是我兄弟！……」
難道只有被浮士德綁架到特洛伊的特里梅娜不
反對這種安排嗎？

· 致維斯瓦夫 Cz.

以〈巴比亞山烽上〉為題的詩是不會被任何編
輯彩用的。[19]

· 致斯武普斯克的 A. K.

「我們的島嶼為激情的獨眼巨人掃過……」真
險峻，不過還是比獨眼旋風要好。[20]

· 致格但斯克奧利瓦區的 B. J.

我們愛狗，對「三」這個數字更是從小就情有
獨鍾，然而〈三隻狗〉這樣的標題無法吸引我
們進一步閱讀。

✎

· 致弗羅茨瓦夫的盧妲

艾呂雅（Paul Eluard，法國詩人）確實不懂波
蘭語，但在翻譯他的詩作時需要如此刻意強調
這點嗎？

✎

19　譯註：投稿者的作品標題出現錯別字，編輯也刻意使用錯別
　　字回覆。

20　譯註：投稿者在文中誤將「cyklon」（旋風）寫成「cyklop」
　　（獨眼巨人）。

·致比亞韋斯托克的熱戈塔

一旦我們刊登作品，請提供卡齊米日·普什爾瓦—塔特馬耶（Kazimierz Przerwa-Tetmajer，波蘭詩人）的地址，好讓我們將百分之八十的稿費寄給他。

·致瓦烏布日赫的 P. G. Z.

當我們得知「瘦子」的父親是消防隊管弦樂團的隨行神父時，就不敢再繼續閱讀下去，我們害怕的是，如果他叔叔成為醫治乳牛的老兵呢？

·致切哈諾維奇的 A. S.

關於春天這首詩的結尾──「我愛自然，她愛我／我們能永遠順遂」，這詩句我們已牢記在心，並將其列入人生金句，作品的其他部分則

乏善可陳。

✍

· 致弗羅茨瓦夫的 A. M-K

來自美麗的弗羅茨瓦夫的安熱恩，我們未收錄
您的詩作，原因在於儘管它含義高尚，卻顯得
有些單調。

✍

· 致利馬諾瓦的馬庫斯

詩作的第一部分是壞女人撕碎主角流血的心，
將其扔到垃圾桶，然後為老鼠所吞食。結尾部
分則是主角向壞女人坦白，願意原諒她的一
切，且其心始終為她而跳動。擁有備用心臟是
極其罕見的事，我們真誠相信這能引起科學界
的關注。

· 致涅波沃米采的佩加

您在詩裡問「生活有『意益』嗎？」，拼寫辭典給出的答案是否定的。

· 致切比尼亞的「人類」

您問我們對荷馬有什麼看法，他迄今為止仍是最優秀的，難道有什麼變化嗎？

· 致克拉科夫的米姆

您的手稿起初被認為是詩作，我們誰也無法辨認字跡，後來才在藥局中讀出內容，至於藥品就請您至編輯部的祕書處領取。

✍

·致格但斯克的溫黛 Kw.

很遺憾地在此通知您，該作家已婚，連我們也
不知道為什麼。

✍

·致克拉科夫的 W. Karb

您問到科哈諾夫斯基之於當代詩人的用處在
哪？在閱讀啊！

✍

·致凱爾采的 A. B.

人生的第一首詩，您就將它寄來讓我們講評？
確實為時過早，其中關於接骨木的兩個詩節只
對獻詩對象有價值，如果他還不約您去散步，
我們就找他算帳。小心點啊，卡洛！

✍

・致華沙的 G. M. Wit.

所以友人稱您為新萊茨（Stanisław Jerzy Lec，
波蘭詩人）？這只證明一件事，新的未必更好。

✍

・致華沙的 P. G. Kr.

請務必換一枝筆，您用的這枝寫出連篇錯字，
一定是舶來品。

✍

・致梅西萊尼采的 J-M. K.

這首詩已經過時，但我們使用這些詞彙的方
式倒是沒有改變：「strzelec」、「mrówka」、
「wziąłem」，一旦拼寫演變產生對您有利的變
化，我們會毫不猶豫地另以信函通知。

· 致卡托維茲的「阿斯特拉」

一百年前，您可能會收到編輯部這樣的回函：
「加油！年輕人，您的詩中有種屬於自己的響
亮音符綻放，新詩顯現出一抹新鮮色彩……」
如今我們已不能這麼寫了，晚了一百年啊！

· 致海烏姆的維魯爾

「寄出的散文中是否有才華顯現？」顯現了，
還好是在婚禮前。

· 致克拉科夫的梅莉沙

世界上的一切都會因不斷使用而有所毀損，
但語法規則除外，您就盡情使用吧！所有人
都夠用！

· 致比亞沃加德的 A. P.

「我為成為詩人而嘆息！」在此情況下，我為
成為編輯而悲嘆。

· 致克拉科夫的卡洛

您說得沒錯，秋天是如此令人感傷。

· 致 J. Grot

「我可以用寫作來撫慰心靈嗎？」當然可以，
不過字跡要明晰，不然就打字。

· 致華沙的 E. Ł.

請您試著愛上散文。

✒

· 致克雷尼察的瑪莉娜

「請任意修改，只要能刊登就好！」我們徹底
修改後成了《洛桑詩集》（*Liryki lozańskie*）[21]，
可惜的是已經出版過了。

✒

· 致萊斯沃斯島的 S-o.

這些只是零碎的隻字片語！詩作有頭無尾或有
尾無頭，詞句零散，要我們如何評斷其價值？
您作為一名教師，對自己的文章卻能如此漫不

21　譯註：波蘭詩人亞當‧密茨凱維奇的詩作。

經心，實讓我們感到非常訝異。請再仔細閱讀
詩作並進行必要的修改後再寄來。

✍

· **致羅馬的 Lukr.**

什麼，將詩哲學化？以論證來玷辱詩的神聖本
質？評論家是無法忍受的。

✍

· **致羅馬的 P. K. Tac.**

我們對羅馬的歷史感到好奇，所以是的，我們
讀了。相當有趣，不過您為什麼要如此貿然地
更動部分情節呢？

✍

· **致 M. E. De Mont**

您的作品以複雜方式對一些鬆散主題表達出博

學卻混亂的思索結果，無任何一致性，更談不上簡潔。您為何不嘗試諷刺短詩？這是扼要性思考的極佳練習，當今的讀者性情急躁，喜歡簡短且盡可能幽默的作品，您散亂的詞句形式打亂了這個平衡。

✍

·致倫敦的 W. S.

可惜您在寫下這個悲劇故事前，未能深入了解封建丹麥社會的關係，您捨棄可能性而選擇感覺，父親之鬼魂就是鮮明的例子，沒有它的公然挑釁，整個血腥故事就不會發生。作為唯物主義者，我們認為鬼魂從不說真話，因此無法相信其中編造出的來世情節，我們心懷憐憫地追溯因之而來的境遇驟變。在此建議您多閱讀，多往戶外走走，少寫一些，只提問可以回答得出的問題。

關於「文學通訊」的另一名編輯

趁著去了瑞士卡舒比亞區（Szwajcaria Kaszubska，波蘭北部的一區）和義大利區（Włochy，華沙附近）旅行的「文學通訊」編輯短暫不在期間，我們終於有機會滿足各位親愛讀者的熱切願望，公開編輯的個人形象和詳細訊息。

他整潔、親切且善良，也熱愛動物，可惜這一點從照片上看不出來。他看重女性的溫順特質，男性則必須帶點反抗性。喜歡歷史和非互惠性的政治。他非常好相處，不讀同事和友人的書能讓他更容易做到此點。寫了幾本實驗性的入門書和以娜塔莉·薩羅特女士（Nathalie Sarraute）創作為範本的《時間表》（*Rozkład Jazdy*）而廣為人知，所出版的幾本詩集很快就被搶購一空，我們甚至連書名都還來不及記下來。文學寫作和評論是他真正拿手的領域，他那本關於創作心理學的著作《如何開始——何時停止》（*Jak Zacząć── Kiedy Przestać*，PIW 出版，一九六二年）現在出了第二版，我們還樂於宣布《波蘭大百科全書》（*Wielka*

Encyklopedia Powszechna）的〈詩〉和〈散文〉部分及其所有條目皆由他編撰。以《新進作家不能不知道的事》（*O czym początkujący pisarz wiedzieć powinien*）為題的論文作品正待出版，第二部《新進女性作家不能不知道的事》（*O czym początkująca pisarka wiedzieć powinna*）則還在創作階段，兩冊書都將附上豐富且詳細的插圖。

有時，他會在春天進入一種非理性的感性狀態，他會哼著喜愛的歌：「女人給了片刻幸福，然後就像林中蛇一樣咬噬……！」

他目前單身，這一眼就可看得出來……

View 118

辛波絲卡談寫作：致仍在路上的創作者們
Poczta literacka, czyli jak zostać (lub nie zostać) pisarzem

作者：維斯瓦娃・辛波絲卡 Wisława Szymborska

譯者：粘肖晶

主編：湯宗勳

特約編輯：石璦寧

美術設計：陳恩安

企劃：鄭家謙

董事長：趙政岷｜出版者：時報文化出版企業股份有限公司／ 108019 台北市和平西路三段 240 號 1-7 樓｜發行專線：02-2306-6842｜讀者服務專線：0800-231-705；02-2304-7103｜讀者服務傳真：02-2304-6858｜郵撥：1934-4724 時報文化出版公司／信箱：10899 台北華江橋郵局第 99 信箱｜時報悅讀網：www.readingtimes.com.tw｜電子郵箱：new@readingtimes.com.tw｜法律顧問：理律法律事務所／陳長文律師、李念祖律師｜印刷：綋億印刷有限公司｜一版一刷：2022 年 11 月 11 日｜定價：新台幣 330 元

辛波絲卡談寫作：致仍在路上的創作者們／維斯瓦娃・辛波絲卡（Wisława Szymborska）著；粘肖晶 譯──一版.--臺北市：時報文化，2022.10：200面；19×12.8×1.2公分.--（View：118）｜ISBN 978-626-353-034-8（平裝）｜1.寫作法 2.文學評論｜811.1｜111015980

Poczta literacka, czyli jak zostać (lub nie zostać) pisarzem
All Works by Wisława Szymborska © The Wisława Szymborska Foundation,
www.szymborska.org.pl
This edition arranged with Wisława Szymborska Foundation
through BIG APPLE AGENCY, INC., LABUAN, MALAYSIA.
Traditional Chinese edition copyright：
2022 China Times Publishing Company

FUNDACJA WISŁAWY SZYMBORSKIEJ

ISBN：978-626-353-034-8
Printed in Taiwan